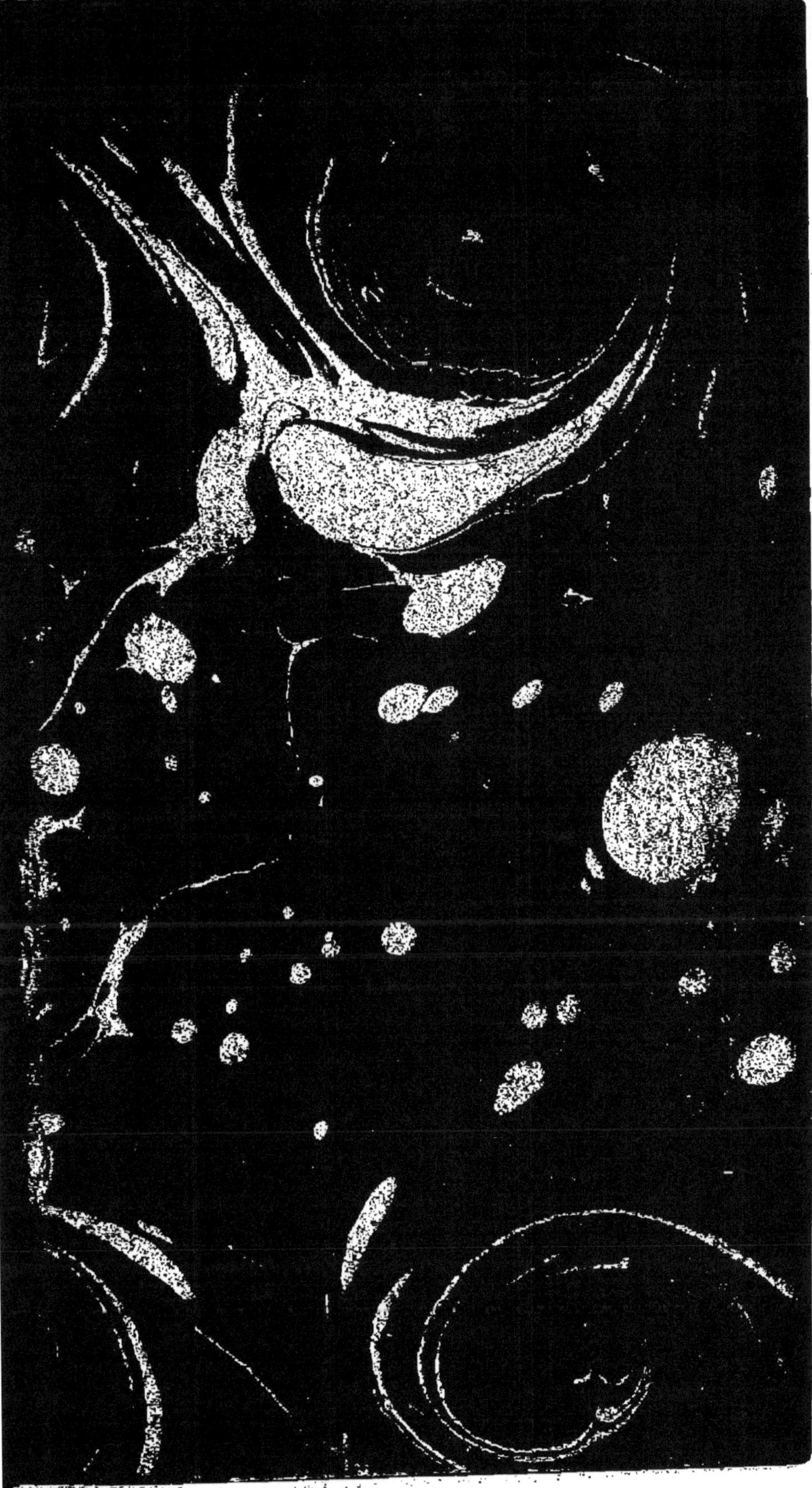

LA PAYSANE PERVERTIE,

OU

LES DANGERS DE LA VILLE.

AVEC FIGURES.

Troisième Partie.

FRONTISPICE
de la III.me Partie.

Ursule voyant le Marquis se présenter d'un air riant, au-moment où les Hommes qui l'ont enlèvée la déscendent de voiture, dans la cour de la maison où il se propose de la retenir :

» Votre conduite est indigne d'un Homme- » de-condition » !

Le passage *est à la page* 25.

LA PAYSANE
PERVERTIE

LA PAYSANE PERVERTIE,

OU

LES DANGERS DE LA VILLE;

*HISTOIRE d'URSULE R**, sœur d'Edmond, le Paysan, mise-au-jour d'après les véritables* LETTRES *des Personages :*

AVEC 114 ESTAMPES :

Par l'AUTEUR du PAYSAN PERVERTI.

Tome Second.

Imprimé À LA HAIE.

Et se trouve à PARIS

Chés les Libraires indiqués au Frontispice de la I. Partie.

M.-DCC.-LXXXIV.

Le Tome I *a conduit* Urſule *juſqu'à-l'inſtant où elle va être enlevée par le* Marquis ; *dix* Figures *ſont adaptées aux évènemens les plus décisifs.*

Dans Celui-ci , *on trouvera les détails de ſon enlèvement , de la violence que lui fait le* Marquis , *de-concert avec le* Corrupteur *de la* Sœur *& du* Frère ; *le retour d'*Urſule *à ſon Village*, *d'où elle revient à Paris, cacher ſa groſſeſſe & ſon accouchement ; enfin le commencement d'une paſſion baſſe, qui doit accélerer ſa perverſion. Il y a ſix* Figures *dans ce* Volume , *indépendamment de celles du* Paysan , *communes aux deux* Ouvrages.

LA PAYSANE PERVERTIE, OU LES DANGERS DE LA VILLE;

*HISTOIRE d'URSULE R**, mise-au-jour d'après les véritables LETTRES des Personages.*

Troisième Partie.

VINGTNEUVIÈME LETTRE.

M.ME PARANGON, à URSULE.

[Elle lui donne à entendre son malheur.]

Reçue une demie-heure après que la précédente eut été mise à la poste.

MA très-chère Amie ! Ce moment est le premier où je puis échapper au trouble le plus cruel! Ah! que de peines le sort nous cache, sous les fleurs trompeuses, dont il sème la route de la vie!... Crains les Hommes, ma chère Ursule, redoute-les, évite les moindres rapports avec eux! ce sont des Tigres.... Je viens d'en-faire une expérience qui me desespère, & qui empoisonnera le reste de ma vie (1)!... Ma tête est trop-faible pour t'écrire longtemps: mais le desir en-est dans mon cœur & dans ma tête, depuis l'instant fatal... Je me trouve soulagée, en-te disant que je suis malheureuse; en-t'avertissant de prendre-garde à toi: hélas! ma chère Fille, ta beauté t'expose plûs qu'Une-autre à leurs cruelles poursuites: redoute-les, & dis à ma Sœur de les redouter. Je vous embrasse toutes-deux, & je voudrais ne vous avoir jamais quittées!

Ta tendre & malheureuse Amie.

(1) Voyez dans le PAYSAN, *T. II*, *p.* 142 & *suiv.* le récit de l'attentat d'Edmond.

XXX.me

même jour.

EDMOND, à URSULE.

[Remords de son attentat sur m.me Parangon.]

C'EST un Frère au-desespoir, c'est le plus malheureus des Hommes qui t'écrit aujourd'hui, chère Sœur! J'erre comme ce Caïn maudit, après qu'il eut tué son Frère, & comme lui, je ne trouve de repos nulle-part... Je reçois à cet instant une Lettre de Gaudét... O! fatal Ami!... chère Sœur! je t'en-prie, écris à ma Cousine; tâche de la déterminer à vous rejoindre à Paris, m.lle Fanchette & toi... Je ne suis pas tranquile à ton sujet, lorsqu'elle est loin de vous.... Si Dieu alait me punir sur toi! une voix secrette semble me le dire... J'en-mourrais de douleur & de rage.... Ne vois pas Gaudét: crains-le, redoute-le, tout mon Ami qu'il est! crains-moi moi-même!...... Ne nous écoute plus ni l'Un ni l'Autre. Fuis Laure, n'ait plus avec elle le moindre rapport.... Sur-tout, ſur-tout évite de parler à Gaudét ! Lui, moi, tous les Hommes, nous ſommes des Monſtres... Ô ma Sœur ! ma Sœur ! qui me l'eût dit, que j'étais le plus-féroce, le plus-barbare des Hommes !.... Écrire ſans pouvoir ouvrir mon cœur !... Il faut ceſſer. Sois prudente, ma chère Urſule.

Adieu.

XXXI.me

même jour.

GAUDÉT, à URSULE.

[Il lui donne avis du danger qu'il cause.]

PARDONNEZ, Mademoiselle, la liberté que je prens de vous écrire : mais il le faut : Je ne ſais ce qui m'eſt revenu ces jours-ci, d'une entreprise que méditait un de vos Adorateurs ; (car vous en-avez, quoique vous les ignoriez) ; mais je me crois obligé, par l'amitié qui règne entre votre Frère & moi, de vous donner avis de tout, même des bruits que je crois peu-vraiſemblables : Le mal, c'eſt que je n'ai encore pu découvrir lequel de vos Amans forme un deſſein très-hardi : ſi je le ſavais, je ſerais ſon ombre, tant que le péril durerait. Cependant ne prenez pas d'inquiétude : dans cette Capitale, les coups-fourrés ſont auſſi difficiles que dangereus pour leur Auteur : il ne ſ'agit donc que d'un peu d'attention sur vos démarches, lorsque vous sortirez seule.... Aureste, je voudrais de tout mon cœur que quelqu'Imprudent fît cette équippée! je n'y verrais que l'acheminement à la fortune du Frère de la Sœur... Ma decouverte est l'effet du hasard; ou, si vous voulez, de l'habitude que j'ai prise, de ne jamais passer un jour sans tâcher de vous voir à votre fenêtre, afin de pouvoir toujours être en-état d'écrire à mon Ami: Ta Sœur se porte bien.

Votre Cousine Laure veut aussi vous écrire.

Je suis très-respectueusement, Mademoiselle, Votre, &c.

XXXII.me
même jour.

LAURE, à URSULE.

[Elle l'avertit de son prochain malheur.]

MA très-chère Cousine : Comme je crains que la Lettre d'un Homme ne vous parvienne pas avec autant de facilité que celle d'une écriture de Femme, je me joins à m.r ...... '..... pour vous écrire. Quelque danger vous menace de la part d'un Homme qui vous aime : c'est ce que m.r ...... '..... a découvert hièr-soir, & ce que des circonstances particulières l'ont empêché d'éclaircir, ayant été obligé de se soustraire lui-même à la vue de Gens de sa connaissance, dont il était important pour lui de ne pas être remarqué. Je vous engaje, par la tendre amitié que j'ai toujours eue pour vous, & par l'intérêt que je prendrai toute ma vie à une Parente d'un aussi rare mérite, d'employer toutes les précautions possibles pour éviter le mal qu'on veut vous faire : quoique cependant je ne croye pas que ce soit un mal, dans un certain sens ; puisqu'on vous aime ; mais c'est aumoins pour gêner votre liberté. Si j'avais pu espérer de vous entretenir en-particulier sans être entendue par m.[me] Canon, j'aurais été vous voir, aulieu de vous écrire : car il est mille petites choses, au-sujet de votre Famille, dont je suis très-curieuse : de mon côté, je vous en-aurais appris au-sujet d'Edmond, beaucoup d'autres, & des plus importantes, que je ne puis confier au papier, sur-tout dans les circonstances actuelles. Je suis avec le plus sincère attachement, Votre très-affectionnée Cousine. LAURE C**.

[On peut recourir ici aux XCII & XCIII.[mes] Lettres du PAYSAN, *T. II*, *pp.* 149—150, & voir la XXXIV.[me] Figure du même Ouvrage, représentant l'enlèvement d'Ursule.]

XXXIII.me

Le surlendemain des précédentes.

*Le Marquis de-***, à Ursule.*

[Il fait des soumissions à la Fille qu'il a violentée.]

VOUS verrez à vos piéds, dès que vous le daignerez permettre, l'Amant le plus-tendre, le plus-soumis, le plus-dévoué à toutes vos volontés, quelles qu'elles soient. Mettez sur le compte de l'amour, tous mes torts, tous mes *attentats*, comme vous les nommez: ils cesseront de l'être, dès que vous le voudrez: je vous offre un mariage: faut-il écrire à vos Parens, avec tout le respect que j'ai pour vous; je vais écrire?..... Votre situation me desole! Quoi! une Fille si douce, si gaie, se porter à ces extrémités-là! qui l'aurait cru!... Je suis détrompé; croyez, Mademoiselle, croyez, Fille adorée, que si j'avais tout prévu, vous seriez encore chés m.me Canon. Mais je ne puis me repentir que vous n'y ſoyiez plus.... Je vous adore, même par vos rigueurs, par vos cruautés. Recevez-moi ſans crainte; à-présent que je ſuis éclairé ſur vos vrais ſentimens; que je ſais, à n'en-pouvoir douter, combien je m'étais abusé, vous ne verrez en-moi qu'un Eſclave rampant, qui ne levera ſur vous ſes regards chargés de honte & de douleur, que lorſque vos ieux adoucis le lui permettront.

Je ſuis avec un éternel dévoûment,

Votre, &c.ª

Le MARQUIS DE-***.

XXXIV.me URSULE, à LAURE.

26 septembre.

[Elle crie envain au-secours.]

A quî m'adresser, dans la situation cruelle où je me trouve, entre les mains d'un Homme assés peu délicat.... Ah! je l'abhorre! Juste-Dieu! qui m'aurait dit.... Ma chère Parente, si cette Lettre te parvient, engaje m.r Gaudét à me secourir!... je me meurs.... Je suis, à ce que je puis entrevoir, & si l'Homme qui te rendra cette Lettre ne me trahit pas, rue *de-la-chaussée-d'Antin*, dans une maison isolée, ayant un jardin dont les maroniers sont très-grands, & où il y a des Statues, entr'autres une Vénus voyant expirer Adonis, qu'un Sanglier vient de blesser. Adieu.

XXXV.me
27 septembre.

GAUDÉT, à LAURE.

[Il montre à nu son âme; sans idées de morale ni de frein, & découvre à-demi qu'il est complice du rapt!]

EDMOND vient d'arriver avec m.me Parangon; je reste avec eux tout le jour, & peut-être la nuit. Ne sois pas inquiète, ma Chère. . . . .

2 heures après.

Je ne voulais écrire que sur une carte, & j'alais te l'envoyer; mais j'ai été obligé de les accompagner, avant de pouvoir parler à mon Laquais. En-l'attendant, à notre retour ici, je vais te mettre au-fait de ce qui se passe. C'est pour moi un spectacle bien-singulier, & que je puis dire tout-neuf, que celui d'une Femme vertueuse, auprès d'un Homme qui, selon elle, lui a manqué essenciellement, obligée néanmoins, par la plus terrible des catastrofes,

cataſtrofes, de ſuſpendre & ſes reproches & ſa douleur, pour ſ'occuper de la douleur de cet Homme, qui l'a miſe au-deseſpoir. La céleſte Parangon, a dans cela même, une grâce particulière, & qui n'appartient qu'à elle: C'eſt un air timoré, allié à je ne ſais quelle eſpèce de ſourire de componction & d'humilité tout-à-fait angéliq; elle craint de déplaire, tout en-voulant n'exciter pas de criminels desirs. J'étais réellement curieus de la voir, après ſon accident! Pour Edmond, il m'a fait ſentir, par la manière dont il en-agit avec elle, qu'il eſt poſſible qu'une Femme ſuccombe, ſans ceſſer d'être eſtimée: j'ai vu dans ſes regards, qu'il l'honore autant qu'auparavant la chute. La plus décente manière pour une Femme, & la meilleure à tous égards, d'accorder des faveurs, eſt de ſe laiſſer faire violence. J'imagine que c'eſt-là, qu'en-eſt à-préſent la charmante Urſule: Je ne m'enchagrinerais pas, ou plutôt, je t'avouerai que j'en-ferais enchanté, si cela pouvait la rendre marquise : ce serait un millier de peines pour moi, & de difficultés pour Edmond, d'épargnées sur la route qu'il doit tenir. Mais c'est-là ce qu'il faut savoir.... Ce malheureus Homme de l'autre jour, avec sa Lettre perdue, (ou que peut-être le Marquis n'aura pas voulu que je reçûsse), m'aurait instruit de ce qu'elle pense!... Voila six grands jours, sans compter les nuits, qu'elle est entre ses mains....

Mais j'entens la belle Parangon, qui revient auprès de moi.... Je l'entrevois qui rencontre Edmond.... Il a voulu lui prendre la main; elle l'a retirée ... & la voila qui lève les ieux au ciel!... Il n'y a pas de Femme au monde qui soit si belle qu'elle l'est, dans cette attitude; si pourtant il ne faut pas en-excepter Ursule, sans-doute à-cause de la grandeur de ses ieux.... Ils viennent. Adieu.

XXXVI.me

9 octobre.

Le Même, à la Même.

[Il est toujours le même, & ne se déguise pas avec sa Complice.]

Ursule est retrouvée. Je remets à ce soir les détails. Elle était dans un vé i-table desespoir. Le Marquis a rempli mes vues, & il n'a rien ménagé : La pauvre Fille est ...... comme la belle Parangon. J'en-suis fort-touché : mais les espérances que je conçois, me donnent d'autres idées qui me distraient : elle sera marquise, ou j'y perdrai .... tout mon repos. L'action est noire : tant-mieux ! Il faudra davantage pour la laver. Heureusement la Fille est belle ; & s'il se pouvait ... (car je crois qu'on n'a pas mis sa pudeur à une seule épreuve) cela serait bien-mieux encore. Je fais des vœux sincères, pour qu'il n'y ait rien eu de fait à-demi.

A ce soir, mon Ange.

XXXVII.me

15 octobre.

URSULE, au MARQUIS.

[Hélas! l'honneur & la pudeur sont encore tout-puissans sur son âme!]

On veut que je vous écrive: je le fais; par déférence pour Ceux à qui je ne puis ni ne dois rien refuser: mais, comment avez-vous osé le demander! Vous que j'abhorre & que je dois abhorrer: Vous m'avez enlevé ce que j'avais de plus précieus; sans cette insulte cruelle, je serais peut-être reconnaissante de l'honneur que vous vouliez me faire: à-présent, j'aimerais mieux mourir que de recevoir votre main: vous avez trouvé le secret de me rendre indigne d'un infame Ravisseur, & je me tiens pour telle; je ne veux nourrir que ma douleur & mon desespoir. Voila tout ce que peut vous écrire,

Votre infortunée Victime,

URSULE R**

XXXVIII.me 18 octobre.

La Même, à LAURE.

[Elle lui fait le récit de son malheur.]

APPRENS à connaître les Hommes, ma Cousine; je te dois cette leçon pour tous les mouvemens que tu t'es donnée à mon sujet: Voici une partie de ce que tu ignores: joins-y ce que tu sais, & envoie le tout à ma Bellesœur Fanchon.

J'étais dans un trouble inexprimable, causé par les Lettres de deux Persones qui me sont chères, lorsque m.me Canon m'apporta celle de m.r Gaudét. —Encore une Lettre, me dit-elle: celà finira sans-doute aujourd'hui-! Je lus cette Lettre, & je ne fus pas effrayée de l'avis qu'elle contenait: je m'étais déja promis d'employer les plus grandes précautions: mais toutes mes idées ne se portaient que sur l'exactitude à bien-fermer la nuit les portes & les croisées. Un instant après vint la tienne, qui me fut donnée avec beaucoup d'humeur; ce qui fit que je la présentai à lire à la bonne Dame; en-lui disant, que la précédente contenait un pareil avis. Je la lui remis de-même. Elle secoua la tête, & dit: —Voila un sot badinage-! Comme il fesait très-beau, immédiatement après le dîner, m.^me Canon proposa d'aler prendre l'air sur le *boulevard*, ajoutant, que nous rentrerions de bonne-heure, & bien avant la nuit. Nous partimes en-voiture, afin d'arriver à la promenade sans être lasses: comme nous montions en-carrosse, le Marquis nous aborda, & salua respectueusement m.^me Canon. Il lui présentait la main pour monter; mais elle évita de la prendre. Pour moi, j'acceptai cette politesse, & pour déguiser un-peu l'humeur de m.^me Canon, je souris à ce Traître. Mlle Fanchette en-fit autant, & nous partimes. Mme Canon fut de très-mauvaise-humeur. Je l'en-blâmais, insensée!

elle était plus-sage que moi.... Nous ne fimes que deux ou trois tours, & ayant encore aperçu le Marquis qui nous saluait, elle voulut s'en-revenir. Nous n'avions pas eu la précaution de garder notre Cocher: Nous ne trouvames point de voiture: mais le pavé était si net, & nous étions si peu fatiguées d'une promenade d'une demi-heure, que nous fumes charmées, Fanchette & moi, de nous enretourner à-piéd. —Nous marcherons dumoins dans les rues, me disait tout-bas ma jeune & chère Compagne, si nous ne marchons pas au *boulevard*-. Nous causions ensemble, alant environ dix pas devant m.me Canon, qui tenait le bras de la Cuisinière...... Notre conversation nous intéressait. Je témoignais à ma jeune Amie les inquiétudes que me donnaient les deux Lettres que j'avais reçues avant les vôtres; elle me répondait par ses conjectures. Nous étions ainsi parvenues jusqu'à la rue *des-Billettes*, je crois, ſ'en-nous apercevoir du chemin, lorſque nous-nous ſentimes pouſſées par des Hommes-de-campagne, qui ſe battaient. Mlle Fanchette effrayée, fit un mouvement en-arrière, du côté de m.[me] Canon, & m'abandonna au-milieu d'eux. C'était ce qu'ils demandaient : ils ne laiſſèrent de libre que l'eſpace qui était entre un carroſſe & moi : j'y ai été pour me ſauver, croyant y avoir vu Quelqu'un. C'eſt alors que deux de ces Hommes m'ont enlevée de terre, & m'ont jetée dans la voiture, en-me disant (1) : —Entrez-la, vous nous gênez-. J'ai cru bonnement, que c'était pour ſe débarraſſer de moi : j'ai paru céder comme ſi j'euſſe été d'accord avec eux : cependant, j'ai fait un cri. Les deux Hommes ſont auſſitôt montés après moi ; car je n'ai trouvé Perſone dans la voiture ; il falait qu'on fût ſorti par l'autre portière, qui

(1) Voyez la XXXIV.[me] Figure du PAYSAN.

était ouverte, nous avons roulé avec une rapidité que je n'ai jamais vue. J'ai voulu imposer à ces Scélèrats par un ton de dignité: mais ils m'ont fermé la bouche à m'étouffer, au-point que je me suis évanouie. Je ne suis revenue à moi-même, qu'en-descendant de voiture, dans la cour de la maison où l'on me conduisait. Je me suis débattue. Le Marquis s'est présenté en-riant *. Je l'ai reçu d'un air de courroux & de hauteur, en-lui disant: —Votre conduite est indigne d'un Homme de votre condition, MONSIEUR le Marquis! —Je vous adore: pardonnez. —Je vous pardonnerai chés m.me Canon: mais ici, jamais. —Vous êtes chés votre Mari: je jure sur mon honneur, que vous n'en-sortirez que ma Femme. —Les moyens que vous choisissez ne vous réüssirons pas, MONSIEUR; jamais la violence n'a soumis le cœur d'une Femme; le mien sur-tout se révolte contre une entreprise aussi

* Sujet de la XI.me Estampe qui sert de frontispice à la III.me Partie.

hardie, aussi coupable que la vôtre. —Mon entreprise est criminelle, je le sais, sur-tout envers vous que j'adore : mais après l'éclat qu'elle va faire, il ne vous reste plus qu'à vous donner à moi. —Jamais, Monsieur! c'est mon dernier mot-. Il s'est mis à mes genous; je l'ai repoussé. J'ai voulu sortir. On m'a emportée dans une pièce éclairée par des bougies. L'excès de ma douleur, & la frayeur où j'étais, m'ont causé un long évanouissement; & le Marquis a eu la bassesse, & l'indignité..... En-revenant à moi, je me suis trouvée dans les bras de cet Homme odieus, qui me traitait comme la Dernière des Créatures. Mes forces m'ont encore abandonnée; car je voulais lui arracher les ieux. Je ne sais comme sont les autres Hommes, mais s'ils agissent tous comme le Marquis..... Il appelait ses attentats des hommages; je l'entendais, sans avoir la force de parler, & ce Malheureus souillait toutes les parties de mon corps, par ces criminels hommages. Je ſuis reſtée mourante. Il ſ'en-eſt enfin aperçu à n'en-pouvoir douter; car je penſe qu'auparavant il n'en-croyait rien. Il a été obligé d'avoir recours à deux Femmes à lui. Elles l'ont effrayé ſans-doute par ce qu'elles lui ont dit de ma ſituation. Il a envoyé chercher un Médecin, qu'on a conduit juſqu'auprès de moi les ieux bandés. J'ai entendu qu'il disait: —Du repos; calmer ſon eſprit, ou je ne répons pas de ſa vie—. Je n'ai plus vu alors que des Femmes autour de moi, & peu-à-peu j'ai repris mes ſens.

Le lendemain-matin, je n'avais encore rien pris depuis la veille: les deux Femmes m'ont preſſée d'avaler quelques cordiaux, & du conſommé. Je refusais. Elles ont imaginé de me menacer de faire entrer le Marquis, & j'ai pris tout ce qu'elles ont voulu.

Je me ſuis peu-à-peu fortifiée pendant

deux jours, ſans voir mon cruel Raviſſeur. On me préſenta une Lettre de lui le ſecond ou le troiſième jour *, & on me fit-entendre qu'il falait abſolument la lire: J'obéis en-tremblant: mais je ne pus trouver la force de faire une Réponſe, qu'on exigeait. On me laiſſa tranquile; & moi-même je contribuais à me tranquiliser, en-ſongeant que la maladie m'ôtant ce qui pouvait exciter la paſſion du Marquis, je n'en-avais plus rien à redouter! mais je me trompais. Dès qu'il crut lui-même ne plus avoir à craindre pour ma vie, il me fit donner un-ſoir une potion calmante, disait-il, qui me procura un profond ſommeil, dont il abusa: Je m'éveillai dans ſes bras, & ſ'il faut l'avouer, mes ſens d'accord avec lui.... Cette circonſtance ne fit qu'augmenter mon deseſpoir. Je l'accâblai de reproches; je voulus attenter à ma vie, à la ſienne; ſes ſoumiſſions ne fesaient que m'irriter, & me mettre en-fureur. Il ſ'éloigna:

* Sujet de la XII.me Eſtampe.

les Femmes revinrent, & me tinrent les propos les plus-singuliers, par leur effronterie. Les Infames me félicitaient. Je gardai un silence de mépris & d'indignation.

Enfin, le Marquis voyant qu'après son nouvel attentat, il y avait deux jours que je n'avais pris de nourriture, il me fit offrir la liberté, si je voulais avaler quelque-chose: je me laissai gâgner: je pris avec indifférence, ce qu'on me donna; j'aurais su que c'était du poison, que je l'aurais pris de-même. Je fit sommer le Marquis de me tenir sa promesse. Il vint lui-même me dire qu'il y consentait: qu'on alait m'habiller. Mais hélas! je n'eus pas la force de me remuer, & on me fit resoudre à me laisser fortifier durant quelques jours. Je demandai m.lle Fanchette, ou toi, ma Cousine. Le Marquis me représenta que ç'aurait été le perdre, que de divulguer un pareil secret. Il exigea en-même-temps de ma parole-d'honneur, que jamais je ne porterais de plainte contre lui? Je répondis, qu'il m'avait ôté l'honneur. Il insista. Je promis tout ce qu'il voulut. Mais j'eus ensuite continuellement à me défendre de ses entreprises, & il me fit des trahisons de plus d'une espèce. . . . .

Je me rétablis enfin, assés pour me lever; & le Marquis, aulieu de tenir sa parole, alait sans-doute recommencer ses attentats, quand un soir, j'entendis beaucoup de bruit à la porte de ma chambre. Mes deux Geolières alèrent voir ce que c'était. Au même instant où elles ouvrirent la porte, je vis mon Frère se précipiter dans la chambre, l'œuil égaré. Il m'aperçut, & vint se jeter dans mes bras. —Ah! mon chèr Edmond-! Je ne dis que ce mot, & je m'évanouis.... En-revenant à moi-même, je vis m.r Gaudét & m.me Canon: on me donna tous les secours qu'exigeait mon état, & on attendit que je fusse remise de cet assaut, pour me transporter. Je n'avouai mon malheur à mon Frère, qu'à mon arrivée chés m.me Canon. O Dieu! quelle fureur! Il me repoussa de ses bras! un-instant après, il vint sur moi fondant en-larmes: La fureur recommençait bientôt: Il fit le serment de me venger, dût-il y périr.... Ah! puisse-t-il ne me pas venger!

Voila ma triste avanture! Elle ne fait pas honneur aux sentimens du Marquis de-***! Adieu, ma Cousine. Crains tous les Hommes: j'aurais juré que le Marquis était honnête.

XXXIX.me
20 octobre,

GAUDÉT, à EDMOND.

[Il le veut calmer par le récit des arrangemens avantageus qu'il a faits pour Ursule.]

Du calme ! de la tranquilité ! Tu ne m'écoutes pas ; tu me liras peut-être ! A quoi servent les menaces, l'emportement, la fureur? Je suis de sens-froid, je vois mieux les choses qu'un Homme hors de lui-même. Cette avanture est malheureuse ; mais l'issue en-peut être ta fortune & celle de ta Sœur, sans que l'honneur de cette Dernière y perde rien : c'est à quoi je travaille : tout est conclu. J'ai droit d'exiger quelque complaisance de ta part : c'est moi-seul qui ai découvert ta Sœur, par mes soins infatigables, en-fesant suivre en-même-temps les démarches de trois Hommes que je soupçonnais, un Financier, un vieux Seigneur italien, & le Marquis. Que mon

mon zèle aumoins me donne quelqu'empire ſur ton eſprit, & que le ſuccès de mes démarches t'inſpire quelque reconnaiſſance !

Hièr, j'ai vu la Famille du Marquis, & muni d'une Lettre aſſés longue d'Urſule à Laure, j'ai parlé comme peut le faire à des Coupables, un Homme qui tient la preuve du crime; comme le doit l'Ami des Offenſés. On l'a pris ſur un ton de hauteur. Je me ſuis concentré; j'ai gardé deux minutes ce terrible ſilence qui précède l'éruption enflâmée des paſſions, & comme un-autre Flaminius, j'ai dit: —Je ne vous donne qu'un quart-d'heure, tous-puiſſans que vous êtes, qu'un quart-d'heure, pour m'accorder tout ce que je vais vous demander: après cet inſtant fatal expiré, je n'écoute plus rien, & vous verrez à quel Homme vous avez à-faire. (On a ſouri dédaigneuſement)..... C'eſt à Celui qui ſ'eſt fait donner les ordres pour reprendre la

Demoiselle, qui pouvait les étendre jusqu'au Marquis, & qui cependant lui a fait grâce.... Je vous préviens d'avance que je n'exige pas un mariage; c'est à l'Honneur à vous dire là-dessus ce que vous avez à-faire-. Ces derniers mots ont reveillé l'attention. Le Comte m'a dit, —Que demandez-vous donc? —Une fortune pour la Demoiselle, qui la dédommage d'un mariage qu'on était prêt à faire, & dont j'ai toutes les preuves: le jeune Magistrat de province qu'elle alait épouser, a cent-mille écus aumoins; il me faut un don pareil pour la Demoiselle, afin qu'elle puisse vivre dans l'indépendance le reste de ses jours, si elle le veut, & que la connaissance de votre Fils ne la retienne pas dans un état audessous de celui qu'elle aurait eu. C'est bien-assés qu'il l'empêche d'obtenir la qualité d'épouse d'un Honnête-homme, celle de Mère-de-famille, sans que son action la condamne encore à vivre dans l'indigence, fille', & deshonorée, ... peut-être enceinte: car, voici la conduite du Marquis.... Trois attentats commis, ... & un dont on ne parle pas.... La conduite d'un Forcené.... Parlez, ou j'imprime cette Lettre, avec des notes de ma façon; je ne m'en-tiens pas-là; je fais agir des Amis aussi puissans que Vous & que les Vôtres, auprès d'un Prince protecteur des Innocens & vengeur des crimes.... Mais, je sens que je me suis peut-être trop-vivement exprimé, en-parlant à des Gens-d'honneur... Ma demande est juste: Je préfère de vous avoir pour Juges, à vous avoir pour Parties. Je ne suis cependant autorisé par Persone: Ses Parens sont au-desespoir; un Frère qui est ici, ne respire que le sang & la vengeance: mais terminons, & mon meilleur moyen auprès de ces Gens-là, sera notre traité: il le faut éblouissant pour la Famille; il faut qu'il la détermine à intimer ses ordres au

Fils: Ce Jeune-homme, plein de cœur, de la plus-heureuse figure, propre à tout, trouverait des Protecteurs, & sur-tout des Protectrices: j'ose vous inviter à le prévenir: Il n'y a point ici de honte: réparer un crime honore le Réparateur, presqu'autant que les plus sublimes vertus-.... —Monsieur, a dit le Comte, après avoir lu la Lettre d'Ursule, si j'avais deux Fils, je sacrifierais Celui-ci à la vengeance publique: mais je n'en-ai qu'un-. La Famille du Comte, qui s'était assemblée pour m'entendre, a parlé le même langaje: le Marquis a essuyé les plus-cruels reproches. On est ensuite convenu, qu'on m'accorderait ma demande. Je te fais grâce de quelques discussions, pour en-venir au fait. On m'a dicté un écrit, pour le faire signer à ta Sœur. Je l'ai tracé de ma main, tel que le voici:

» JE, soussigné, Ursule R**, fille mi-» neure, âgée de dixhuit ans trois mois,

» de-présent à Paris, où ma Famille m'a » envoyée, sous les auspices de m.me Parangon, amie de madite Famille, » & sous la conduite de la respectable » Dame Canon, sa Tante, reconnais, » Qu'ayant été enlevée par des Paysans, » dans la rue *des-Billettes*, à Paris, j'ai » été heureusement rencontrée & déli- » vrée par m.r le Marquis de-***, qui me » trouvant évanouie & sans connaissance, » m'a conduite dans une petite-maison à » lui appartenante, du côté de la *Chaus-* » *sée-d'Antin*, où il m'a mise en-sûreté. » Qu'étant revenue à moi, ledit sieur » Marquis m'a parlé avec respect, sou- » mission & tendresse; Que sur la » demande que je lui ai faite, d'être » remenée chés m.me Cânon, il s'est mis » en-devoir de me satisfaire; mais que » ma faiblesse, causée par la frayeur, & » par la fièvre qui s'était alumée, ne l'ayant » pas permis, il a continué de me garder, » en-usant avec moi de la manière la

» plus-obligeante : Qu'à-la-vérité, il » m'a parlé d'amour, mais comme peut » le faire un Honnête-homme : Que je » l'ai paisiblement écouté : Qu'un-jour » n'ayant pas bien-compris ce qu'il me » disait, & ayant donné une marque » d'acquiescement, ledit sieur Marquis » trompé, pensa que je consentais à cou- » ronner sa tendresse, & se conduisit » en-conséquence, tandis que moi, » encore effrayée de mon enlèvement, » & croyant que l'action du Marquis en- » était une suite, j'ai perdu l'usage de » mes sens ; situation dont le Marquis ne » s'est point aperçu... Qu'après l'injure » involontaire qu'il m'avait faite, le Mar- » quis m'a exprimé ses regrets de la » manière la plus-vive & la plus-vraie : » Que pour réparer, autant qu'il est en- » lui, & qu'il convient à un Fils-de- » famille encore sous l'autorité de ses Pa- » rens, le mal que j'avais souffert par son » erreur, il a promis d'engajer ses Parens

» à me faire le capital de quinze-mille » livres de rentes ; que j'ai promis d'ac- » cepter, en-lui délivrant la présente » reconnaiſſance, pour ſervir & valoir » en-toute occurrence où elle ſera néceſ- » ſaire. Fait à Paris, ce ·· octobre 17··.
» *Approuvé l'écriture.* URSULE R**.

J'ai fait ſigner cette décharge à ta Sœur, comme une Lettre à tes Parens, où je la priais de mettre ſa ſignature pour les tranquiliser : Elle ignore ce qu'elle a reconnu, & je crois qu'il eſt à-propos qu'elle n'en-ſoit pas de-ſitôt inſtruite. Le mal eſt fait : en-exigeant un prix auſſi fort, pour acheter le ſilence d'Urſule, je n'ai pas ſeulement en-vue de lui-faire un ſort, mais de diminuer aux ieux du monde, & d'une Famille diſtinguée, la diſtance que le rang & les richeſſes mettent entre ta Sœur & le Marquis de-*** : Cent-mille écus ſont une dot honnête; & ſi l'attentat avait des ſuites ; qu'un Fils, par-exemple, vînt appuyer des droits légitimes, nous pourrions prétendre à un mariage : c'eſt un plan que je n'abandonne pas ; aucontraire, toutes mes démarches, & en-particulier celle-ci, tendent à le réaliser (1). Ainſi, mon Chèr, il ſ'agit ici d'acquiter la parole-d'honneur que je viens de donner aux Parens du Marquis, en-leur remettant la déclaration, & en-recevant d'eux, en-bons effets, la ſomme convenue : Je la place ſur-le-champ ; parce-qu'un Notaire de ma connaiſſance ſe trouve avoir un-fonds très-avantageus à vendre à-l'amiable ; l'acquisition produira audelà de l'intérêt ordinaire : c'eſt une excellente occasion ! Les Vendeurs partent pour les Colonies, & ils ſont enchantés d'emporter une ſomme ronde avec eux ; cette conſidération leur a fait rabbattre du prix une vingtaine de mille-francs. Ce nouvel

(1) Il eſt à croire qu'il avait favorisé l'enlèvement dans cette vue : mais il changera d'idées, malheureusement !

acte vient d'être signé par Ursule, en-ma présence: ainsi tout est fait: Je compte sur ton amitié, sur quelque reconnaissance pour mes soins; sur la considération de ton intérêt; je dis plûs, de ta sûreté: car avec la déclaration d'Ursule, la Famille, en-cas de vengeance, te perdrait sûrement. Je suis,

Ton fidèle Ami, à toute épreuve.

P.-s. Le Conseiller vient d'arriver: de la prudence avec cet Homme! Mon intention est de ménager tous les Partis, de les tromper s'il le faut, & de n'être utile qu'à toi.

XL.me

10 novembre.

URSULE,
à FANCHON.

[Elle raconte son malheur à ma Femme, & en reconnait la cause : Ensuite elle met son âme à nu, disant ce qu'elle a tû dans la Lettre à Laure]

C'EST entre la mort & la vie, que je t'écris, chère Sœur : mais je crois pourtant que je suis mieux : dumoins j'ai plûs de courage. Quel triste sort m'attendait à Paris ! & quel a été le terme de mes trop-mondaines espérances ! j'ai perdu ... ce qu'on ne recouvre jamais, & j'envie le sort de ces Filles que je regardais comme bien-audessous de moi, mais qui sont à-présent audessus ; elles ont l'honneur, & je ne l'ai plus !... On a beau me dire, que la violence.... La violence faite à *Thamar* ne lui ôta pas moins sa qualité de fille, & l'Infortunée passa ses jours dans la honte & dans la douleur !...

Chère Amie ! je ne veux pas que tu

ſaches mes malheurs par d'Autres que par moi ; on pourrait te les affaiblir, en-te les racontant ; je veux te les peindre tels qu'ils me ſont arrivés. Ils ſont une punition du Ciel : ſi je n'avais rien écouté ; ſi je n'avais pas ſouri au crime, aurait-il jamais osé porter la main ſur moi ! Tu le ſais, je ménageais le Marquis ; j'ai fait la faute de lui répondre par écrit, de lui parler : on ne ſe doute pas ici des torts que j'ai eus : mais je les ſais, moi, & ils ont toujours été l'une des causes de mon deseſpoir. Bien-plûs, j'étais avertie que l'odieus Marquis devait entreprendre quelque-chose contre moi dans la journée, & mon cœur ſ'eſt gonflé d'orgueil ; j'ai eu la vanité de me conſidérer d'avance comme une Héroïne enlevée, qui n'aurait qu'à dire un mot, pour ſe faire obéir par ſon Raviſſeur : Je n'ai rien craint, rien redouté ; je me croyais trop-adorée, pour qu'on ôsât entreprendre quelque-chose qui pût me déplaire. J'ai été plus loin, j'ai bravé un ſerrement-de-cœur, que j'éprouvais depuis deux jours; & qui ſ'était augmenté depuis la ſoirée des échelles-de-corde, dont je t'ai parlé. Que je ſuis punie de ma vanité ſote, & de mon imprudent orgueil! Tu vas en-juger par mon récit.

Tu ſais, ma chère Sœur, que j'étais dans une ſituation ſingulière, lorſque je t'écrivis ma dernière Lettre, préciſément la veille de mon malheur: Je ne crois pas aux préſentimens: d'ailleurs mes inquiétudes avaient pour objet deux autres Perſones, au-ſujet deſquelles je ne ſuis guère tranquiliſée: je t'en-dirai deux mots en-finiſſant. Nous partimes de bonne-heure pour aler à la promenade, à-cauſe du beau-temps: Je ne m'étais jamais ſentie tant de vanité que ce jour-là; pas un Homme qui ne ſ'arrêtât pour nous regarder, m.lle Fanchette & moi, & qui ne nous adreſſât des choses grâcieuses.... J'ai payé chèr ce plaiſir frivole!... Le

Marquis nous ſuivait, & ſans-doute il fut témoin de cette admiration qu'on nous marquait; peut-être hâta-t-elle l'exécution de ſon deſſein, en-donnant plûs d'activité à ſa criminelle paſſion.... A notre retour, il m'enleva. Je ne voulus ni crier, ni me défendre: Je n'avais même aucune frayeur; mais je m'aperçus bientôt que j'avais affaire à de vils Agens, qui exécutaient leurs ordres en-automates: l'état gênant où ils me mirent, en-me couvrant la bouche, & même les ieux, me fit évanouir. Je revins à moi chés le Marquis: il ſe présenta en-riant: Je le traitai comme il convenait à une Femme outragée, qui parle à un Homme dont elle ſe croit la maitreſſe adorée. J'exigeai qu'il punîs ſes Agens. Il les a effectivement punis, de la manière la plus complette, à ce qu'il me paraît. Mais je me fis tort par-là; il crut m'avoir ſatiſfaite, & lorſque j'exigeai ma liberté, je reconnus que les Hommes ne nous ſont pas auſſi soumis, malgré leurs adulations, qu'ils tâchent de nous le persuader; je ne fus pas obéie à-beaucoup-près! je te l'avouerai, je m'abaissai aux prières les plus humbles, jusqu'à promettre d'écouter ses vœux, s'il voulait me rendre à m.me Canon. Je vis dans ses ieux qu'il avait d'autres desseins; une frayeur puérile, succéda aussitôt à mon excès d'audace; je m'évanouis. L'Infame (c'est le nom qu'il mérite), m'a dit ensuite, qu'il croyait que je l'avais fait-exprès. Il abusa de ma triste situation, pour satisfaire sa brutalité. J'étais entre la mort & la vie; car j'avais une connaissance confuse de ce qui se passait: je voulais m'écrier; & je sentais que ma langue était liée. Enfin, je repris-connaissance. Mon premier mouvement fut de le déchirer: Je fis un effort qui épuisa mes forces, ou plutôt qui me montra que je n'en-avais plus. Il est impossible d'exprimer à combien d'indignités je fus exposée dans cette triste situation: le Malheureus agissait comme si j'eusse été sa Complice.... J'entendais ses expressions, & ma langue ne pouvait se délier pour le démentir. Mais l'excès de mon desespoir le toucha enfin, ou le rebuta, je ne sais lequel. Il passa dans une-autre pièce, & il dit tout-haut à deux Femmes, la honte de notre sexe, qui le servent dans ses débauches, —Voyez-donc ce qu'elle a! je crois envérité qu'elle est réellement évanouie-. Elles le regardèrent en-ricannant, & elles vinrent auprès de moi; je les voyais, je les entendais, mais je ne pouvais leur parler. L'Une me tâta le pouls, & elle fit à l'Autre un signe alarmant: —Elle se meurt! ceci est sérieus! il faut le dire à Monsieur-!... Celle à qui l'on parlait se prit à rire, en-répondant une chose très-grossière. Elle ala trouver le Marquis: Il revint: je crus qu'il alait insulter à mon malheur; mais il fit un geste de desespoir, & il leur dit : —Ne négligez rien ! Ah-dieu ! si j'étais assés malheureus pour causer sa mort, je ne me le pardonnerais pas ! —Bon ! répondit la Plus-méchante des deux Femmes, c'est une Bégueule ! est-ce qu'on meurt de ces choses-là-! Le Marquis la fit-taire, & on me laissa tranquile, par l'ordre d'un Médecin, qui ne m'aborda que les ieux bandés, je crois ; mais je n'en-suis pas absolument sûre à-présent. Les Femmes me forcèrent, par toutes sortes de moyens, à prendre ce qui m'était ordonné ; j'avais une si grande frayeur du Marquis, que dès qu'on prononçait son nom, je tressaillais ; elles s'en-aperçurent, & elles employèrent ce moyen, pour m'obliger à recevoir tout ce qu'elles me présentaient ; la menace de faire entrer le Marquis m'eût fait avaler du poison. Je me remis un-peu. Lorsqu'on vit que j'avais recouvré toute ma connaissance, on me présenta une Lettre du

Marquis, que je rejetai avec indignation. —Lisez sa Lettre, me dit une des Femmes, ou il va paraître lui-même. Je lus donc cette odieuse Lettre, que j'ai retrouvée dans mes poches, & que je t'envoie.

LETTRE du MARQUIS, à URSULE.

L'Amant le plus-tendre & le plus-respectueus, malgré les apparences contraires, obtiendra-t-il que vous vouliez le voir un instant, Mademoiselle? Il ne prétend que vous rassurer sur les étranges idées que vous avez prises de lui & de sa conduite avec vous. Votre situation me met au-desespoir; je n'aurais jamais pensé qu'une Fille aussi raisonnable, pût s'abandonner à des frayeurs, assés vives, pour la mettre à deux-doigts du tombeau; & comme si ce n'était pas assés de ses peines trop-réelles, les chimères de son imagination lui en-fournissent de plus-cruelles encore: Quoi! vous avez pensé... Mais non, vous ne l'avez pas cru, & les reproches que vous m'avez faits, étaient une suite du délire. Vous êtes, Mademoiselle, telle que vous êtes entrée chés moi ; rassurez-vous, & ne croyez pas à des attentats qui n'ont eu de réalité que dans votre imagination. C'est pour vous tranquiliser là-dessus, connaissant toute votre délicatesse, que je prens la liberté de vous écrire : l'horreur que je vous inspire, d'après ces idées fausses, ces rêves, que vous croyez des réalités, m'empêche de me présenter devant vous : mais une-fois desabusée, & votre santé assés fortifiée pour qu'on puisse vous transporter sans danger, moi-même j'irai prendre vos ordres, pour vous remener chés votre Gouvernante, & m'exposer à tout ce que la colère pourra lui suggérer. Voila, Mademoiselle, votre vraie situation, & mes véritables dispositions.

Je suis avec le plus profond respect & le dévoûment le plus absolu,

Votre, &c.ª

On me demandait une Réponse à cette Lettre, ou plutôt on l'exigeait : mais, malgré tous mes efforts, je ne pus parvenir à la commencer. J'étais absorbée dans mes reflexions, & ma tête encore faible, se fatiguait à tâcher de rendre vraisemblable ce que le Marquis m'écrivait. Ne pouvant rien débrouiller, je trouvai plus-court & plus-consolant de le croire, & cette crédulité me tranquilisa beaucoup-mieux que tout le reste. C'était son but sans-doute. Mais l'abominable Homme ne me rappelait des portes de la mort, que pour m'y faire retomber par la plus-indigne des brutalités.

Il vint me voir, & par les respects les plus-affectés, par ses regrets, par ses larmes, il me rassura davantage encore. J'alais absolument mieux le lendemain : mais le sommeil fuyait loin de mes paupières, & j'étais fort-agitée. Il me proposa lui-même une potion calmante que j'acceptai. Elle me procura un profond ſommeil, qui ne finit que par une ſituation dans laquelle je ne m'étais jamais trouvée, ſoit que ce fût l'effet de ce qu'on m'avait fait-prendre, ou qu'elle eût une toute autre cause. En-m'éveillant, le Marquis était à mon égard le plus coupable des Hommes: cependant ... je ſecondais ſon crime, malgré moi, comme ſ'il y eût eu dans moi une autre volonté contraire à la mienne.... Il a même osé depuis m'aſſurer que je lui avais rendu un baiser... Si je l'ai fait, mon âme n'y a point eu de part, & cette malheureuse connivence de mes ſens n'a ſervi qu'à redoubler mon deseſpoir, lorſque ma raison a été revenue. Jamais il n'y eut de fureur égale à la mienne; je voulais tuer l'Infame; j'aurais, je crois, attenté à ma propre vie, ſi j'en-avais eu la liberté. Je l'entendais qui disait, en-ſe retirant, après m'avoir laiſſée entre les mains des deux Femmes : —C'eſt une inconcevable Fille-!

Ces deux Malheureuses, loin de me conſoler, entreprirent de me faire honte de mon deseſpoir; elles me raillèrent cruellement, & ſi j'avais cru le Marquis capable de penſer & de parler comme elles, je ne ſais ce que je ſerais devenue : Mais lorſque leurs propos eurent porté mon indignation au plus-haut-point, & que j'eus imposé ſilence aux deux Créatures de la manière la plus-propre à m'en-faire obéir, un Laquais du Marquis les fit-ſortir de ma chambre, & j'entendis qu'il les traitait avec une ſévérité réelle. Auſſi ne reparurent-elles plus devant moi; deux Autres, fort-jeunes & très-naïves leur furent ſubſtituées. Malgré cet adouciſſement (ſi l'on pouvait en-donner à des peines comme les miennes), j'enviſageais ma ſituation avec deseſpoir; je voyais que le Marquis avait resolu de me garder, pour assouvir entièrement sa passion, & passer successivement avec moi, de la violence aux soumissions, comptant qu'enfin, je me ferais à mon sort; je pris le parti de ne plus rien recevoir de leurs mains, qui prolongeât ma vie. On me laissa d'abord assés tranquile, espérant qu'en ne me pressant pas, & feignant de ne pas s'apercevoir de mon dessein, le besoin me ferait bientôt accepter sans honte, ce que je n'aurais pas encore refusé. Mais la journée s'étant écoulée, on marqua de l'inquiétude: je le voyais aux mouvequi se fesaient autour de moi. Le Marquis parut enfin lui-même, & sans m'approcher de trop-près, il me pria de prendre quelque-chose. —Je ne veux rien de vous que la mort, lui dis-je; tout autre don qui viendra de votre part m'est odieus-. En-même-temps je fis un mouvement de desespoir, qui l'obligea de disparaître. Je refusai constamment durant la nuit & le lendemain de prendre auqu'une nourriture. Ce fut alors qu'il m'offrit ma liberté. Cette promesse ébranla ma resolution; je ne voulus pas avoir avoir à me reprocher d'y avoir été insensible. J'acceptai quelque-chose, & je le sommai aussitôt de tenir sa parole. Mais je ne pus moi-même faire auqu'un mouvement sans m'évanouir, tant ma faiblesse était grande! Je vis le Marquis en-larmes; il me les cachait, & ce fut ce qui me donna moins d'horreur pour lui. Je continuai de recevoir les secours qu'on apportait à ma situation, & je me fortifiai en-quelques jours. Je fis de-nouveau presser le Marquis de me tenir sa parole: mais il éludait toujours sous quelque prétexte. Enfin, un-soir, il vint auprès de mon lit, & après beaucoup d'excuses & de protestations, il me déclara qu'il n'attendait que ma convalescence, pour me tenir sa parole, au-sujet du mariage secret, qu'il m'avait proposé: qu'il me donnerait toutes les assurances d'une prompte ratification. Je rejetai ſon offre. Il jura pour-lors que ma liberté dépendait de moi, mais à ce prix, & qu'il aimerait mieux me voir périr que d'abandonner ſes eſpérances. Il me tourmenta, il m'effraya même par les plus-terribles menaces (dumoins dans mes idées). Je fléchis,... malgré moi. Nous en-étions là (& voici un ſecret que je n'ai révélé à Perſone, pas même à m.me Parangon, ni à Laure, à laquelle dans mon premier trouble, j'ai écrit ce même récit), quand je vis entrer un Prêtre & quatre Témoins. On eſſaya de me lever: on y parvint, en-me ſoutenant, on me para même, & on me conduiſit dans une chapelle, où le Prêtre nous donna la bénédiction des Mariés *. Je dis *oui*, ne ſachant ce que je feſais. Le Marquis paraiſſait tranſporté d'autant de joie que j'avais de douleur.

* Sujet de la XIII.me Eſtampe.

Je ſuis revenue, & l'on m'a remiſe au lit: Il a paſſé la journée auprès de moi, ne ſouffrant pas que je reçuſſe auqu'un ſervice

que

que de ſa main. J'en-conviendrai, je me resignais à mon ſort, & je cherchais à prendre pour un Homme que je regardais comme mon Mari, les ſentimens que j'allais lui devoir. Il a profité de ces diſpositions, qu'il a devinées dans mes regards, & par un demi-ſourire qui m'eſt échappé ſur quelque-chose qu'il disait. Il ſ'eſt mis à-genous devant mon lit; il a pris ma main; il l'a baisée la larme à l'œil, en-me disant: —Non, belle Urſule, non, ma chère Femme, vous ne me haïſſez pas! dites-moi, que vous ne me haïſſez pas? —Aumoins, ai-je répondu, votre démarche d'aujourd'hui m'oblige-t-elle a étouffer la haîne, ſi j'en-ai eu-. Il ne m'a répondu que par des tranſports, & me voyant aſſés bien diſposée, il ſ'eſt mis auprès de moi, disant qu'il était mon Mari, & que c'était ſon droit. Je me ſuis trouvée hors d'état de lui resiſter: qu'aurais-je dit? J'ai cédé, & malgré ma faibleſſe, il a falu ſouffrir tout ce que cet Homme a voulu. Il m'a donc eue enfin de mon aveu.... Je ſentais néanmoins quelque-choſe qui m'inquiétait : non que je doutaſſe de la vérité de mon mariage, mais j'avais une inquiétude ſans motif clair ; je me demandais, ſi ce qui venait de ſe paſſer était un ſonge ? J'ai ſoupé avec lui, avec aſſés de tranquilité. Il alait ſans-doute ſe remettre au lit avec moi, lorſque j'ai entendu un grand bruit à la porte de ma chambre. Les deux Femmes que je croyais renvoyées par le Marquis, ſont venues lui dire, que c'était des Gens-armés, avec la Garde. Sans ſe troubler, dumoins en-apparence, le Marquis a dit d'ouvrir : mais en-même-temps il a diſparu par une porte-dérobée. Les deux Femmes ont ouvert, & ſe ſont évadées facilement ; parce-que mon Frère & Ceux qui l'accompagnaient, n'ayant d'abord ſongé qu'à moi, ils leur en-ont laiſſé tout le temps. J'ai été ſurpriſe de la conduite du Marquis, & j'attendais qu'il revînt pour s'expliquer. Ainsi je n'ai pas dit un un mot de mon prétendu mariage, ni à mon Frère, ni à m.r Gaudét: mais ce Dernier m'ayant demandé, Si le mariage secret était fait? Sur ma réponse affirmative, il m'a recommandé de garder le silence la-dessus, en-me disant: —J'ai des raisons pour croire que c'est un faus-mariage, qui d'ailleurs ne vaudrait absolument rien, quand ç'aurait été un véritable Prêtre. Mais je m'en-informerai, & je tiendrai le Marquis par-là, mieux que si le mariage était valide.... Je me suis absolument abandonnée à la conduite de l'Ami de mon Frère, surtout quand j'ai su que c'était lui qui avait découvert ma prison, & obtenu les ordres pour m'en-tirer. Je ne te déguise rien, ma chère Sœur; mais je te demande le plus-profond secret. Je me trouve dans une si étrange conjoncture, que je n'ose ni parler, ni louer, ni blâmer Persone. pour que cette conduite ne fasse pas une impreſſion défavorable pour moi, je feins d'être plus abſorbée que je ne *la* ſuis. Je redoute d'ailleurs la colère d'Edmond, & les dangers où elles peuvent l'exposer, ainſi que nos chèrs Parens, ſur quî le contrecoup de ſon imprudence retomberait: je lui diſſimule autant qu'il eſt en-moi, les tortsdu Marquis, & ſi je l'avais pu, il aurait ignoré tout ce qui ſ'eſt paſſé dans l'intérieur de la petite-maison. Pour m.r Gaudét, c'eſt la prudence même: je ſuis inſtruite de toute ſa conduite, parce-qu'on en-parle à-côté de moi, dans des temps où l'on me croit aſſoupie: elle eſt très-adroite, & il me dédommage aumoins par tous les moyens poſſibles: car il ſerait bien-honteus & bien-deseſpérant, de n'être venue à Paris, que pour être la victime d'une brutalité, ſans que rien compenſât la perte irréparable que j'ai faite. J'apprens que j'ai quinzemille-livres de rentes. Je n'oublierai jamais ce ſervice, que je dois à m.r Gaudét, & ma douleur, toute-vive qu'elle est, ne me rend pas insensible au au bien qu'il m'a procuré. Si je m'étais vendue, & que ce fût le prix de mon innocence, j'en-aurais honte, & ni nos chèrs Parens, ni vous ne pourriez me revoir; mais ce ne sont que des réparations trop-méritées, malheureusement!... On peut dire que cet Homme est un Ami essenciel: tandis que les Autres parlent, il agit, & va droit au but. Car si, desormais, je suis réellement l'épouse du Marquis, ou si le Conseiller (ignorant se qui s'est passé, à l'enlèvement-près) se détermine jamais à conclure, je crois que ma dot aidera beaucoup à les décider l'Un & l'Autre! M.r Gaudét m'a fait entendre qu'il avait eu ce double motif en-vue: vrai, cet Homme-là est à tout; & s'il avait entrepris de me faire duchesse, avant mon accident, je crois qu'il y aurait aisément réüssi. C'est ce qui fait que dans tous nos entretiens particuliers, je recommande à mon Frère, de ſe tenir attaché à m.r Gaudét, quoi qu'on lui dise : ſa conduite le regarde ; mais ſes ſervices nous obligent ; il eſt capable d'en-rendre de toute eſpèce, & nous lui devons infiniment de reconnaiſ-ſance. . . . .

le lendemain.

Comme j'en-étais hièr à la page précé-dente de ma Lettre, j'ai reçu la visite de m.r Gaudét. Mon mariage eſt faus ; l'Homme-en-prêtre était un Domeſtiq du Marquis : m.r Gaudét a fait cette découverte, par le moyen des deux Jeunes-filles qu'on m'avait données en-ſecond pour me ſervir, quoiqu'elles ne fuſſent pas du ſecret ; car elles n'avaient pas vu le mariage : mais m.r Gaudét, qui avait des ſoupçons, leur ayant démandé tout-unîment, Lequel des Gens du Mar-quis était en-Prêtre, le jour de ma déli-vrance, elles l'ont nommé, ſans connaître le motif de ce déguisement. . . . . .

une heure après.

Lorſque m.r Gaudét a été parti, on m'a

annoncé m.r le Conseiller. On m'a dit qu'il était déja venu plusieurs fois. La conversation que nous avons eue est singulière! Après m'avoir témoigné l'intérêt qu'il prend à ce qui me touche, j'ai vu qu'il voulait pénétrer plus avant avec moi, qu'il n'avait fait avec m.me Parangon & mes autres Amis. Je me suis trouvée très-embarrassée. Mentir me répugnait; d'ailleurs le mensonge, nous met toujours audessous de Celui à qui nous mentons, fût-ce le dernier des Laquais; car nous craignons qu'il ne découvre la vérité, & qu'après avoir su le mensonge, il ne nous méprise. Cela est encore plus vrai d'une Fille avec son Amant: le mensonge, dans cette position, est, je crois, égal au manque de sagesse, pour la honte dont il la peut couvrir: Voici comme je me suis tirée. Le Conseiller, après les complimens, m'a dit: —L'état où je vous vois, prouve que vous avez eu beaucoup à souffrir du Marquis, Mademoiselle?

—Et de mon desespoir, Monsieur. —Quel indigne moyen ... d'arracher des faveurs? —Ce ne sont pas des faveurs que la violence arrache. —Je le sais, Mademoiselle ; mais j'ai employé ce terme faute d'autre : Le Marquis s'est rendu bien-coupable ! —Audelà de ce que vous pouvez imaginer, imaginer, Monsieur, & ses propositions de mariage-secret n'ont pas été le moindre de ses torts. —Il employait ce moyen? —Certainement, & toute la violence d'un Homme emporté par une passion criminelle? —Et quelle ressource aviez-vous, contre ses attaques? —Mes larmes, les instances, les prières, l'état déplorable où je me suis trouvée, par de fréquens évanouissemens. —Vous-vous êtes évanouie? —Au-point que deux Femmes qu'il m'avait données pour me servir, ne pouvaient me quitter. —Elles ne vous quittaient pas? —Non, Monsieur, ni jour ni nuit; & lorsque le Marquis venait, elles

elles étaient toujours prêtes à venir au moindre mot. (C'est la vérité, mais les Malheureuses me trahissaient.) —N'a-t-il rien osé ... c'est comme magistrat, & comme ayant du crédit ici que je vous fais cette question-? J'ai feint de me trouver-mal, en-lui répondant : —Le souvenir des excès du Marquis.... Je ne me trouve pas bien, Monsieur, sonnez-... Il a sonné... —Cette image, ai-je repris, comme égarée, ôtez-la ! —Où? —Là, aux piéds de mon lit..... Retire-toi, Monstre !..... Ne m'approche pas-!..... On est entré. —Elle est dans le délire-! a dit le Conseiller avec effroi. Par cette adresse je m'en-suis débarrassée, sans avoir répondu à sa question d'une manière qui l'éclairât, & sans avoir menti. Si pourtant un-jour, il s'agissait réellement de mariage entre lui & moi, je crois que je ferais le mensonge : car sa Persone m'a toujours convenu ; &-puis, je ne pers pas de-vue l'utilité dont cette alliance ferait à notre Famille, & le relièf qu'elle nous donnerait dans le pays.

le jour suivant.

Je viens d'avoir une longue conversation avec m.me Parangon. O! ma chère Sœur! que de secrets elle m'a dévoilés! Ils sont tels que je ne lui ai rien caché non-plûs: je lui ai ouvert mon cœur comme à toi-même. Je vais seulement te rendre-compte de ce qui la concerne.

Elle croit que ce qui vient de m'arriver est une justepunition du Ciel, dont elle s'accuse elle-même d'être l'auteur, ainsi que monFrère: c'est fondante en-larmes qu'elle s'est chargée de tout mon malheur. Hélas! je suisplus coupable qu'elle (si Quelqu'un l'est, outre le Marquis)!... & mon orgueil a fait bien-plûs que toutes les fautes étrangères! Je ne t'ai rien déguisé, & tu as vu que je n'ai pas toujours été prudente.... La vanité est présomptueuse, & quand le Vice est le gardien de la Vertu, il est aisé d'endormir la Sentinelle.

Elle eſt groſſe.... Mais de Quî?... oh! ma Chère!.. l'oserai-je dire? d'Edmond!.. Elle a ſubi le même traitement que moi,... la violence.... Mon Frère!... ma chère Fanchon! Ah! tous les Hommes ſe reſſemblent! Edmond ſ'être porté à cet excès, avec une Femme ... la Sœur de ſa Prétendue... Voici le récit de cette vertueuse Dame; car elle l'eſt plus que jamais:

»—Ma chère Urſule: Je vois dans toût ce qui vous eſt arrivé, beaucoup plus loin que vous, & que tout le monde: non que j'aie plûs de pénétration; mais je ſuis plus-inſtruite. Eſt-il poſſible, ma chère Fille, que tu ſois la victime des fautes d'Autrui!... Mais Dieu eſt juſte; il nous punit par des vues profondes, convenables à ſa divine ſageſſe, & toujours de-manière, que ſi nous ſavions tirer avantage de la punition, elle nous ſerait profitable par ſes effets... Ma chère Urſule... je ſuis ſans-doute la cause de ton malheur, ou dumoins, je partage cette funeste influence avec Edmond.... Nous sommes, lui & moi, les plus-viles des Créatures.... Je nourris depuis long-temps un panchant criminel pour ton Frère.... O mon Amie! je puis te faire cet aveu aujourd'hui, que ton accident te met hors des atteintes de la séduction... Ce n'est pas que je me sois, avant notre faute, avoué jamais ce panchant coupable; aucontraire, je me le déguisais de toutes les manières, & lorsque l'évidence se présentait à mon esprit, je fuyais: mais je fuyais auprès de toi, & sans le savoir, sans que je le susse bien-clairement moi-même, ta présence nourrissait un feu que je croyais éteindre par ton amitié. Durant mon séjour ici avec toi, j'ai tour-à-tour éprouvé tout ce que l'amour & la jalousie ont de plus cruel. Je le destinais à ma Sœur: rien ne paraissait devoir empêcher leur union, & cette assurance, objet de tous mes desirs, aulieu de combler mes vœux, me rendait jalouse de Fanchette! Jamais, jamais mon Amie, ce ſentiment affreus n'a été écouté; mais je l'avais, & j'étais obligée de le combattre: un premier mouvement, dans certaines occasions, me portait à haïr ma Rivale dans Fanchette, à la repouſſer, lorſqu'elle venait me careſſer: Mais, ma chère Urſule, c'était préciſément dans ces occasions que je lui prodiguais ces careſſes ſi vives, qui ont ſouvent excité ton admiration: je me puniſſais moi-même, & mon coupable cœur, en-fesant tout le contraire de ce qu'il eût desiré.

„ Je me laſſai d'être avec vous: ma folle paſſion, portée à ſon comble, par la nouvelle qu'Edmond aimait une Fille pour laquelle il avait eu du goût, ne me laiſſait plus de repos: Je gâgnai à ce ſurcroît de ſupplice, il rendit mon cœur à la nature, & je plaignis Fanchette, comme ſi elle avait ſenti à ma manière la perte qu'elle alait faire: tu l'as vue arrosée de mes larmes, que tu attribuais à de plusp urs motifs. Je partis. J'arrivai. Edmond vint audevant de moi : & son premier regard, fut celui de l'amour. On ne s'y trompe pas, sur-tout quand on est coupable soi-même. Ce regard me remplit de joie. J'osai penser, j'osai me dire : —Je suis aimée–. Au premier moment de liberté, il ne me laissa plus de doute. Il m'apprit que sa passion pour Edmée m'était immolée de la manière la plus complette. Je nageai dans une sorte de volupté : Je la croyais innocente ; je m'y livrai toute entière. Edmond paraissait enivré ! que je le trouvais aimable ! Il s'était formé depuis mon absence, hélas ! aux dépens de ses mœurs ! mais je l'ignorais ! il s'était formé ; & moi, je crus devoir quitter le ton pédagogue que j'avais toujours eu avec lui ; nous-nous mimes à-l'unisson. J'étais enchantée de retrouver dans Edmond un Homme-fait, aulieu d'un timide Protégé.

J'admirai comment, s'il reprenait encore son ancienne manière, ce n'était plus que pour m'exprimer plus-respectueusement des sentimens d'estime, de reconnaissance & d'amitié. Je me livrai avec une sécurité dangereuse, à la plus traitresse des passions, & je fus quelque-temps dans la plus-douce situation de ma vie; car le reste en-est empoisonné! Jamais je n'avais été si heureuse auparavant!... Je ne sais si c'était de lui-même, ou par des conseils étrangers; mais Edmond tint une conduite très-adroite: respectueus en-apparence, mais tendre, il m'arrachait tous les jours de nouvelles faveurs sans que je pusse m'en-offenser. Comment l'aurais-je soupçonné! mon cœur, d'accord avec lui, bien-loin de chercher à le trouver coupable, en-rejetait l'idée avec horreur. Je m'accusais d'être chimérique, s'il me survenait quelques doutes. Je m'accoutumai donc insensiblement à sa conduite, & nous étions déja beaucoup plus-familiers qu'il ne convient à une Femme de l'être avec Tout-autre que ſon Mari, lorſqu'Edmond hasarda quelques libertés qui m'éclairèrent. Je les reprimai. Il ſe plaignit, comme de la plus grande injuſtice; je me calmai. Il en-abusa. C'eſt la marche des Hommes; ils ne reculent jamais: je l'ai appris à mes dépens. Ne pouvant plus douter de ſes vues, je l'évitai, mais ſans le haïr. Le pouvais-je, quand je portais dans mon ſein le complice... Et je l'y porte encore: mon cœur me trahiſſait!... Il m'écrivit (1). Ma Réponſe fut, ſelon moi, foudroyante: Mais je n'aurais pas dû la faire, ni avouer que j'avais ſurpris une Lettre de ce même Gaudét que tu nommes ton *Sauveur*, & qui l'eſt en-effet, mais qui n'en-eſt pas moins la cause première de tous nos maux:

(1) La LXXXV.me, *p.* 136, *T. II*, du PAYSAN: voyez auſſi la LXXXVIII & la LXXXIX.me Lettres, ainſi que la XXXIII.me Figure.

cela mettait entre Edmond & moi trop de familiarité, en-me donnant l'air d'une Femme curieuse & peut-être jalouse. Je payai chèrement cette imprudence!... Nous-nous reconciliames encore; ma facilité à pardonner enhardissait à m'offenser: ou plutôt, je n'aurais dû ni me fâcher, ni me reconcilier: une Femme est perdue, lorsqu'elle en-vient à ces alternatives, qui donnent également prise sur elle, en-montrant son fort ou son faible, ce qui la flate ou ce qui lui déplaît.... Un jour, le plus cruel de ma vie!... je l'avais d'abord cru le plus beau, mais les Hommes empoisonnent tout!... un-jour Edmond était avec moi, respectueus, raisonnable. Nous-nous parlions comme un Frère & une Sœur, de nos projets: le plaisir que je trouvais à cet entretien, me donnait de l'estime pour moi-même, & je me complaisais à la sentir. Insensiblement Edmond changeait de ton: je m'en-apercevais, mais je ne lui en-voulais pas....

Eh! pouvais-je prévoir!..... Ramenant tout à mes idées pour ma Sœur, je souffrais des choses plus-hardies que je n'en-avais encore tolérés. Edmond s'émancipait de-plûs-en-plûs. Aveuglée, je ne le reprimais que malgré moi, & sans-doute avec trop de mollesse, Cependant ses mains s'égaraient sur moi; elles pressaient tout ce qu'elles pouvaient presser... Je les arrêtai, & dans un mouvement involontaire, non-réfléchi dumoins, je serrai dans les miennes ces mains brûlantes. Ah-dieu! quel orage j'excitai. Edmond perdit toute retenue dans ses discours; il me fit des reproches; oui, il me reprocha ma vertu!... Faible vertu, hélas! déja détruite par mes coupables complaisances!... Il attaqua les droits des Épous, il me montra toute la corruption de son cœur, & je n'en-fus pas effrayée! je lui répondis avec douceur, en-raisonnant avec lui: je citai la religion, les lois; je ramenai l'idée de Fanchette pour qu'elle me servît de bouclier, mais je le fis trop-tendrement; en-disant que je voulais être heureuse par elle, c'était avouer que j'aimais!.. je ne le sentais pas! Edmond le sentit!... Enfin, j'eus l'imprudence de me retrancher derrière mon Mari! ma bouche, chaste jusqu'alors, osa dire, Voudriez-vous me partager avec Un-autre? C'était dire, si tu veux, je suis à toi.... Je sentis que je m'égarais; j'eus encore recours à Fanchette, à toi; toutes-deux vous me servites; je fis un tableau touchant de notre union future, qui charma Edmond. Il devint paisible comme un Agneau. Il fit plûs, il me jura de ne me jamais montrer de coupables desirs: il me nomma sa Sœur, sa Sœur chérie (nom sacré qu'il profanait! le Ciel l'en-a puni en-toi, ma chère Ursule!) —Vous voila comme il convient, lui dis-je: vous êtes mon Frère! vous me nommez votre Sœur; à ce titre, nous pouvons nous aimer sans crime. Mon chèr Edmond, croyez-moi, le crime n'eſt pas la route du bonheur; car ſi j'entens bien ce que c'eſt que le crime, c'eſt tout ce qui eſt contraire à la maxime, de *ne pas faire à Autrui, ce que nous ne voudrions pas qu'on nous fît:* dès-qu'une-fois nous avons violé cette règle, il n'y a plus rien de ſacré à notre égard, & tout le monde peut nous inſulter avec juſtice: nous ſentons à quoi nous expose le tort que nous-nous ſommes donnés, & nous ſouffrons de notre crainte, à-defaut du remords: Nous avons beau nous le diſſimuler, crier aſſés haut contre les Autres, pour ne pas entendre le cri de notre propre conſcience, nous retombons dans nous-mêmes, nous ne pouvons nous eſtimer, & nous ne ſommes pas heureus; fuſſions-nous des Gaudéts, nous ne ſaurions l'être: Auſſi voyez-vous que pour être ſupportable à lui-même, votre Gaudét a des vertus; il ſ'en-donne le plûs qu'il peut, afin de tenir la balance égale, & de ſe procurer autant d'estime de lui-même, qu'il a sujet de se mépriser en-certaines occasions. Combien serait-il plus heureus, s'il n'avait que des vertus! O mon chèr Edmond! tâchez de profiter de l'exemple, tout-mauvais qu'il est, de votre dangegereus Ami; imitez-le en-ce point, d'être sûr qu'il n'y a de bonheur que dans la vertu: lui-même, chose étrange! ne veut que de ce bonheur-là! Observez qu'il ne séduirait pas une Femme-mariée, lui qui viole ses autres devoirs avec une sorte de frénésie. On ne saurait dire de lui, qu'il n'a rien de sacré: aucontraire: il respecte tout ce qui bouleverserait le *système social* (ce sont les termes que j'ai entendus sortir de sa bouche, en-parlant à mon Mari): Ainsi, Gaudét ne sera pas adultère, ni voleur, ni homicide, ni fainéant, ni traître, ni parjure à ses Amis, ni même à aucun Homme, quoiqu'il le soit à Dieu: c'est un Être qui fut fait pour être bon, & que son état, la compagnie de ses Semblables a perverti: Il veut vous rendre heureus à sa manière, mon Frère: Mais voyez-la, sa manière, & concluez: Gaudét se donne des vertus, pour *se lester*, en-quelque-sorte, & compenser le mal qu'il fait: si je me donnais ses vertus, en-évitant ses vices; ne serais-je pas infiniment plus-sage que lui? voila, ce me semble, une conclusion nécessaire & très-heureuse? Ensuite, vous pouvez encore tirer un parti excellent de sa conduite: Gaudét s'abstient d'un crime, le plus-grand de tous, peut-être! Il a de bonnes raisons; des raisons absolument humaines; cet Homme ne saurait en-avoir d'autres; Gaudét est prudent, quoique passionné; cet éloignement de l'adultère, est fondé sur l'expérience d'Autrui, peut-être sur la sienne propre: profitons de cet expérience, sans nous embarrasser comment il peut l'avoir acquise; on peut en-cela l'imiter aveuglément.

» Je me perdais, comme tu vois, en-beaux raisonnemens, sans faire attention, qu'Edmond s'était mis à mes genous, qu'il baisait mes mains. Ses discours à-la-vérité, démentaient ses actions : mais il n'en-était pas moins passionné. Il me nommait sa Sœur ; il me jurait qu'il adorait Fanchette. Il me prit un baiser pour elle. Je sentis bien que c'était pour moi : mais je crus qu'il ne falait pas que je fisse semblant de m'en-apercevoir ; & d'un air d'aisance, de confiance, je lui rendis son baiser, me proposant de me lever, & de nous séparer à-l'instant...... O ma chère Ursule, ce fatal baiser a été de l'huile jetée sur un brâsier dévorant ; la flâme a jailli, elle m'a envelopée, consumée !... Ton Frère n'a plus été un Homme ; il est devenu comme une Bête féroce... Je ne pouvais revenir de mon étonnement ; à-peine j'en-croyais la réalité. Je me suis défendue. Il m'a meurtrie. —Périr, ou vous posséder-!

Les menaces, l'emportement, la force, la rage, voila ses moyens.... J'ai senti, que plûs je resisterais, plûs je le rendrais forcené.... J'ai cédé, je l'avoue, non à l'amour, ma conscience ne me le reproche pas, mais à la rage. Satisfais-toi, pensais-je; mais de ma vie, je ne te reverrai: va, je me punirai de t'avoir enhardi-!... Il a triomphé.... Je ne te le dirais pas, ma chère Ursule, sans ton malheur; mais ... je ne veux plus te rien cacher... Accablée de douleur, forcée... je sentis que j'aimais le Coupable, & mes sens me trahirent comme avait déja fait mon cœur..... : : Tout est pour lui! pensai-je, dès que je pus penser: Que reste-t-il donc à la vertu? hélas! rien, que ma faible raison........

„ Il se mit ensuite à-mes genous; & par les expressions les plus-tendres, mais les plus emportées, il me jurait que la jouissance n'avait pas été son but; qu'il avait voulu joindre son âme à la mienne....

Je

Je ne répondais pas, oppressée, anéantie. Il a continué ;. & le Coupable a osé s'adresser à la Divinité même, qu'il venait d'offenser, & lui demander... de me rendre mère !... Il est exaucé, mais.... ce ne saurait être qu'un don de colère.... Il est venu me prendre un baiser. Je l'ai repoussé de la main ; & comme si toute resistance était faite pour exciter les Hommes, il a... renouvelé son offense, presqu'avec autant d'emportement. . . .

» Ce nouvel attentat m'a cruellement irritée... J'ai entendu venir Quelqu'un. Edmond s'est caché : c'était mon Mari... Je l'avouerai, l'excès de ma honte m'a fait évanouir, en voyant l'Offencé : Revenue à moi-même, je ne me connaissais plus, j'ai dit quelques extravagances, sans-doute ; on m'a crue folle : Mais je n'étais qu'accâblée de douleur, d'avoir perdu .... hélas ! toute la douceur de ma vie, que j'attendais d'Edmond.... J'ai laissé croire de moi tout ce qu'on a voulu ; je n'ai pas été fâchée d'effrayer le Coupable, par l'idée qu'il aurait de ma ſituation ; & comme il ne ſe croirait pas entendu, de lire dans ſon cœur, pour voir, ſ'il y avait des remords. Il y en-a eu, ma chère Urſule : Il m'a juré que jamais il n'entreprendrait rien contre ma vertu ; il en-a fait le ſerment à Dieu-même. Mais j'avais moi-même excité ces remords. Comme il me croyait en-délire, lorſqu'il venait auprès de moi, je voyais ſon abatement : j'en-ai été touchée ; mais pour creuser l'impreſſion, j'affectais les plus-grands écarts du délire. Enſuite, je lui prenais les mains ; je les baisais, je le ſuppliais de m'épargner.... L'effet de ces ſcènes répétées était terrible ſur lui. J'y ai mis le comble, en-paraiſſant recouvrer ma raison : mon premier mot a été de le bannir ſévèrement de ma présence !... Oh ! que cet ordre m'a coûté !... mais il le falait... Il ne m'a plus revue ſeul : mais il revenait avec to us Ceux qui entraient auprès de moi, & sans oser me parler, il était le plus-empressé à me rendre tous les services que ma situation exigeait.

» Je me suis rétablie. Fidelle a mes resolutions, je n'ai plus souffert qu'Edmond m'approchât, & quelque peine que me causât cette privation, elle devait être éternelle. Je voyais sa douleur, son desespoir. J'entendais souvent les discours qu'il tenait seul: il voulait me fuir, & ne le pouvait pas, s'écriait-il. J'ai cru devoir le calmer, par une Letre que voici:

» *Celle que vous avez si cruellement outragée, ne vous évite, Edmond, ni par haîne, ni par rancune: c'est par raison & par devoir: Elle vous évitera toujours. Vous l'avez voulu!.... son bonheur vous était à-charge, peut-être sa vie.... La dernière échappe au danger, mais l'autre est perdu pour toujours. N'aggravez pas sa peine!*

c'est l'Offensée, qui vous prie de ne pas tant vous occuper de votre crime, que des moyens efficaces de le reparer, par une conduite sans reproche; nous-nous sommes perdus, Edmond: plus de confiance, où il n'y a plus d'innocence, plus de douceur, plus d'amitié: tout est détruit, tout est éteint; il ne reste plus que le vice!..... J'ai mérité mon sort. Mais tel est mon cœur, que si je pouvais encore vous rendre heureus par la vertu, je le ferais. Mais je sens que je ne le puis plus.... Vous avez tout renversé!... vous êtes le plus coupable des Hommes, &... je suis votre Complice!..... Edmond, voila votre crime le plus grand! Vous avez commis un forfait que les lois punissent du dernier supplice, & non-seulement, vous m'en-avez rendue l'objet & la victime, mais vous avez fait de moi votre Complice!... Ingrat, vous m'avez ôté mon innocence, pour prix de la tendre amitié que je vous portais, & que .... je ne saurais étouffer, vous m'avez avilie au rang des plus-méprisables Créatures, en-fesant retomber sur ma tête, toutes mes faiblesses passées!... Était-ce à Vous de m'en-punir, vous qui en-étiez l'Objet!.. Mon Cousin! jetez un coup-d'œil sur votre conduite: envisagez-la de sens-froid, & jugez-vous..... Ne perdez cependant pas courage: réparez votre faute, & secondez mes resolutions: Elles sont de ne jamais vous voir tête-à-tête, & de vous aimer comme auparavant... Bondieu! quefais-je. Ma Lettre était commencée, pour vous parler comme le doit une Femme, que vous avez... deshonorée ... & je finis comme une faible Amante! Je m'en-punirai.

» Après avoir écrit cette Lettre, je la déchirai, ne trouvant pas qu'il fût à-propos de l'envoyer: mais je ne la brûlai pas, n'ayant pas en-ce moment de feu dans ma

chambre, à-cause de la ſaison. Toinette entra, qui m'ayant diſtraite par quelque-chose, me la fit-oublier. Je ſortis avec elle. A mon retour, je la cherchai, & ne la retrouvai plus. J'en-étais dans la plus grande inquiétude, quand ayant ouvert une commode où je ſerrais mes chauſſures, je trouvai deux choses qui m'étonnèrent infiniment. C'était ma Lettre, & la Réponſe, placées dans une paire de ſouliers de droguet blanc, que j'avais le jour .... de mon malheur. Je les pris, & j'aperçus en-même-temps les traces d'un égarement fougueus. ......
Je lus la Réponſe, que voici :

Je me conforme, ma Divinité, aux ordres que vous m'avez donnés, & que vos ieux ont la cruauté de me répéter chaque jour : mais dumoins, lorſque vous êtes ſortie, ne-peut-il m'être permis de venir dans le temple que vous habitez? Oui, j'y viens, & j'y rens hommage, à ce qui m'est la chose la plus-sacrée, après vous, votre parure: elle a un charme céleste, qu'elle tient de vous.... J'ai trouvé ce Billet déchiré dans votre cheminée; je l'ai lu; j'y répons; mais je n'ose le garder: je vous le remets, puisqu'il n'était plus destiné à m'être envoyé. Cependant, vous-vous êtes occupée de moi! oh! cette idée est le premier plaisir que j'éprouve depuis longtemps! Elle a ouvert mon cœur à un sentiment inépuisable de tendresse, & j'ai prodigué mes adorations à tout ce qui vous touche!.... Oui, si j'en-étais le maître, je changerais mon sort, avec celui de ces choses inanimées; je m'anéantirais; mais ce serait à votre service, & l'anéantissement serait un bonheur! Femme adorée! soyez cruelle, j'y consens: mais laissez-moi vous adorer, dumoins en-votre absence! ne m'interdisez pas ce faible soulagement à ma douleur, à mes regrets.... Vous m'aimez! ah! que me faut-il donc à-présent pour être heureus?... Votre bonheur; voila ce qui manque au mien.... Ne croyez pas cesser jamais d'être ma Divinité! vous la serez seule; j'en-fais le serment! Vous êtes à moi, & je suis à vous: rien ne pourra plus rompre le nœud qui nous lie, que la mort. J'en-jure par vous-même. Adieu, ma céleste Amie. Vous-vous débattrez envain; je vous tiens liée à mon sort.... Adieu. C'est de l'amour que j'ai pour vous, pour vous-seule; je n'en-eus jamais que pour vous; toutes les Autres n'ont eu que des desirs; vous, vous-seule avez eu de l'amour, je le sens, je vous le jure; il sera éternel: crime ou non crime, je vous adore, je vous adorerais la foudre prête à partir; la terre prête à s'en-tr'ouvrir sous mes pas.... Ah! grand Dieu! j'ai vu le bonheur, & je me

suis

ſuis dit, *Il eſt inacceſſible!* Ce n'eſt pas vous arracher des faveurs, qu'il me faut; c'eſt vous poſſéder, n'être qu'une-âme avec vous; confondre la mienne dans la vôtre; vous tenir enlacée; vous regarder, & me dire: *Elle eſt à moi; elle eſt ma femme!* Voila, voila ce qu'il me falait!... Dieu! quel ſupplice j'éprouve! je brûle d'amour, d'impatience, de deſeſpoir & de rage!... Adieu, Colette.... Tu m'es cruelle, je t'en-remercie: ne t'aviſe pas de te r'adoucir! aulieu de ſatiſfaire ma paſſion, tu ne ferais que l'irriter. Après une faveur, j'en-voudrais une-autre; après t'avoir poſſédée, je te voudrais avoir ſeul; je voudrais t'enlever à toute la nature, t'enveloper dans mon exiſtance, pour que tu ne fuſſes plus que pour moi; qu'auqu'un Œil mortel ne te vît que moi; je te tourmenterais, en-t'adorant; je te rendrais eſclave, en-te traitant en-

Déesse : la passion que tu m'inspires est un délire, une frénésie.... Oui, j'aimerais mieux te poignarder, que de te voir à Un-autre...... Je quitte cette idée. Si tu en-aimais Un-autre, toi, moi, lui, nous n'existerions pas un instant après cette fatale découverte !...

Adieu, ma Divinité ».

En-cet endroit, j'ai interrompu mon Amie : —Ah-Dieu ! quel emportement ! me suis-je écriée. Quoi ! c'est ainsi qu'il aime ! je ne m'étonne plus !... Ma charmante Amie, il faut lui pardonner-!

» —Eh ! que veux-tu que je lui pardonne ! ne m'en-ôte-t-il pas les moyens !.. Je ne pus lire cette étrange Lettre, sans une vive émotion ! Si je l'avais eu lue avant mon malheur, il ne ferait jamais arrivé ; elle m'apprenait à quel Homme j'avais affaire, & je me rappelai ce que votre Père m'avait dit à V***, Qu'*Edmond était emporté* ; mais je ne croyais pas que je dusse l'éprouver, & que ce fût à cet excès. Je continuai donc de l'éviter, jusqu'au jour fatal....... Ma chère Fille, ton malheur me fit oublier, & ton Frère, & mes remords, & son caractère violent, & sa fougue impétueuse: La Lettre de ma Tante à la main, je courus à lui: & comment l'abordai-je? La larme à l'œil; inclinée, suppliante; avant de lui montrer la Lettre, j'adoucis le coup. Mon premier mouvement, en-sortant de ma chambre, avait été de lui dire, —Tenez, Edmond, voila quelle suite le Ciel donne à votre crime-! Je changeai bien d'avis, durant les vingt pas que j'avais à faire!... La douleur & la honte me serrerent le cœur, & il me vit presqu'à ses genous, le prier de se calmer. Je lui baisais les mains!... Surpris, confondu, effrayé même, il se lève pricipitamment, & se jete à mes piéds. —Qu'est-ce? qu'y a-t-il?... J'atteste le Ciel... Ma Cousine! non, rien ne m'est échappé.... D'où-vient ce trouble?... Ah! je meurs du plus-affreus des supplices! Parlez-!... Je lui donnai la Lettre. Il rougit; il pâlit. Il se leva; mit la Lettre en-pièces; me poussa hors de son passage, sans me parler, & descendait. Il revint un-instant après. —Pardon, pardon, ma Cousine?... Ah! je suis au-desespoir!... Courons, alons la délivrer! poignarder l'Infame-... J'ai soupiré profondement. Il m'a regardée, s'est écrié: —Ah! c'est moi, c'est mon crime, qui perd ma Sœur!... Mais le Traître n'est pas Celui que j'ai offensé.. Me punisse le Ciel après, s'il le veut, mais l'Univers entier ne m'empêchera pas de lui arracher l'âme.... Je tâchais de le calmer. Tantôt il m'écoutait: tantôt il me repoussait comme un Être inanimé; il s'élançait pour courir: cette agitation cruelle dura longtemps. Mais enfin il se calma un-peu. Dans ce nouvel état, quoique plus-tranquile, il ne brûlait que plus-ardemment de la soif de la vengeance : sa tendresse pour toi se manifestait dans tous ses propos ; l'honneur, dont son âme est pleine (quoiqu'il ne l'eût pas empêché ... mais les passions sont inconséquentes!) l'honneur ne lui permettait pas d'envisager un-instant les périls ausquels la vengeance l'exposait. Nous partimes en-poste deux heures après avoir reçu la Lettre, ensemble ; j'étais à-côté, presque dans les bras de ce même Homme que j'avais juré de ne plus voir tête-à-tête ; le jour, la nuit même, rien ne m'effrayait. Effectivement, il n'y avait rien à craindre ; Edmond ne voyait qu'Ursule, il ne me parlait que d'elle ; il brûlait d'être à Paris. Un seul instant, très-court, fut donné à ses sentimens. Ce fut en-approchant de cette Ville, & lorsque nous l'aperçumes : —Voila donc où je brûle d'arriver-! s'écria-t-il. Et se tournant aussitôt de mon côté : —Hélas! dans une autre circonstance, que j'aurais craint l'instant qui doit m'ôter d'auprès de vous !

qui doit me priver de la Moitié la plus chère de moi-même! Quoi! je desire cet instant! Ah! je le vois bien à-présent, l'accident cruel qui m'enlève ma Sœur, me prive aussi du jugement & de la raison-! Ses larmes coulèrent aussitôt avec abondance, & il me baisa la main. Il la retint quelques instans, quoique je la voulusse retirer, les ieux fixes, & sans rien regarder. Ensuite il me la rejeta, comme avec horreur, & ne me parla plus, jusqu'à notre arrivée.

» A la porte de ma Tante, il sauta de la chaise, & monta précipitamment, sans penser à moi. Il revint sur-le-champ m'en-faire des excuses: Il salua ma Tante. —Où est-il? ajouta-t-il aussitôt: son nom, sa demeure, je vous en-prie? —Hélas! Monsieur, je l'ignore! —Mort & furie! je saurai bien le trouver, moi! —Voyez m.r Gandét! —Ah-oui! c'est vrai!.... Où est-il?.... Je sais son adresse: j'y cours-. Il y courait. Il revint. —Par où faut-il passer en-sortant d'ici. —On va vous y conduire, lui dit ma Tante; *Martine*, ou est ce Jeune-homme. —Le Jeune-homme, le Jeune-homme; votre Martine me ferait sècher—. Il part. Il vole. Il poussait devant lui son Guide. Enfin, il arrive chés m.r Gaudét.

„ Celui-ci, en-l'apercevant, court à lui, l'embrasse, veut lui montrer Laure. Edmond ne lui-répond pas: Il interroge: —Son nom, sa demeure:: alons le trouver? —Crois-tu qu'il est sous notre main? répond son Ami: Il faut de la prudence, de l'adresse.... —Et il a ma Sœur!... Enfer & rage! il a ma Sœur! —Va, nous lui ferons payer chèr son audace! —Payer! payer! Il faut l'anéantir..... —Rapporte-t-en à moi! —A toi!... Il est vrai! —Mais il faut dissimuler: s'il entend parler de ton arrivée, de tes menaces, c'est un Homme riche, puissant, il se cachera si bien, que nous ne le découvrirons jamais; & il pourrait d'ailleurs, d'après quelques imprudences, te faire arrêter. —Me faire arrêter! Je l'en-défie, lui & toute cette grande Ville! —Un-peu de calme! Il faut m'écouter, si tu veux agir: Ignorant tout, que veux-tu faire?... Salue aumoins ta Cousine.... —Ah! il est vrai! Bon-jour, ma chère Laure!... Comme elle est embellie!... Mort & furies! ma Sœur! —Calme-toi!... Ursule est une ravissante Persone. —Ah! le Scélérat! où est-il! —Si bien caché, que toutes mes recherches, & celles de la Police même n'ont encore pu le découvrir. —L'abominable Homme! oh! je le tiendrai! je le tiendraî! —L'assacineras-tu? —...Moi! moi!... Le Ciel m'en-préserve! nous-nous battrons; je le tuerai, ou il me tuera: si je le tue, je serai vengé: s'il me tue, sa vilaine âme aura un crime de-plûs à se reprocher, le mépris, & la haîne de tout l'Univers. Je ne puis que le punir, & je le punirai. —Le plus preſſé, je crois, eſt de tâcher de délivrer ta Sœur? —Ah! il eſt vrai! alons, alons, cherchons! Alons-donc! que fesons-nous ici? —Demain, je compte avoir des nouvelles. —Demain! demain! ah! mon chèr Gaudét! ſur le gril juſqu'à demain-!... Voila leur converſation, qui fut dix-fois répétée. Heureusement que dès le lendemain, on te retrouva: car Edmond, à ce que dit m.r Gaudét lui-même, aurait donné plûs d'embarras que ta recherche.

» A-présent, ma chère Urſule, j'ai d'autres craintes. Edmond eſt concentré: il ne parle plus du Marquis: il contraint tous ſes mouvemens; il ne laiſſe rien percer audehors de ſes sentimens; il ſe livre même à une ſorte de diſſipation: Mais je le connais; il eſt capable de diſſimuler, lorſque ſes premiérs mouvemens ſont calmés. Nous alons partir. M.r Gaudét compte le garder ici. Je ne ſais qu'en-penſer: ſans ma faibleſſe, je m'y opposerais. Mais après ce qui eſt arrivé, il faut qu'il reſte. Depuis quelques-jours, je le revois comme il était avant ton malheur; il reprend les mêmes ſentimens à mon égard; il les exprime de-même... Il faut qu'il reſte!... Mais que de craintes m'aſſaillent pour lui! Cette Ville; Gaudét; le Marquis, tout m'épouvante, & point de remède!... Il me disait hièr, en-regardant Fanchette: —Qu'elle eſt charmante! je l'aurais adorée, ſi... elle n'avait pas eu de Sœur—! Tu vois qu'il ne veut plus être mon beaufrère, & que ſes vues ſont changées... D'ailleurs, ma délicateſſe repugne à ce mariage: Le but de cette longue confidence, ma chère Urſule, eſt pour te dire, qu'il ne ſe fera jamais; qu'il ne ſaurait plus ſe faire ».

—Pourquoi? ai-je dit: il me ſemble, qu'il vaudrait mieux ſacrifier un-peu de délicateſſe, & donner à mon Frère un moyen de règler ſes ſentimens pour vous, ma reſpectable Amie? —Non, ma chère Urſule:

je porte dans mon ſein l'empêchement à ce nœud ſi desiré.

On nous a interrompues en-ce moment. Je t'avouerai, ma chère Fanchon, que je ne goûte pas les raisons de m.me Parangon, & que malgré moi, il me vient des ſoupçons, qu'elle veut reserver Edmond pour elle-même. Si elle était fille ou veuve, à-la-bonne-heure! mais... elle ſe diſſimule ſa faibleſſe, & la cache ſous des ſcrupules. D'un-autre côté, conſidère, que ſi une Femme eſt excusable, c'eſt celle-là. Son Mari ne mérite auqu'uns égards; il eſt même impoſſible qu'elle vive à-présent avec lui; on l'accuse d'être..... comme les Libertins, qui ont été peu-délicats dans le chois de leurs amours. En-tout-cas, je dois ſuſpendre mon jugement: M.me Parangon a trop de mérite, pour être condamnée, ſans connaître parfaitement tous ſes motifs.

13 novembre.

Je finis aujourd'hui cette longue Lettre. Edmond reſte décidément ici; mais ſeul;

m.[r] Gaudét nous accompagne : cet arrangement concilie tout. Nous partirons ſous deux ou trois jours. Je brûle de vous embraſſer tous, ma chère Fanchon ! Mais ſi, après mon malheur, cet embraſſement a quelque douceur pour moi, je la devrai à m.[r] Gaudét. C'eſt un Homme bien-*eſſenciel*, comme on dit ici. Mme Parangon ſe propoſe de paſſer quelque-temps chés nous avec ſa Sœur. Je ne deseſpère pas du mariage ; & entre-nous, il faudra tâcher de l'y déterminer, tandis que nous la tiendrons là-bas avec ſa petite-Sœur ; on ferait venir Edmond : Car entre-nous, je crains quelque-chose ; il m'a ſemblé que m.[r] le Conſeiller voyait Fanchette avec des ieux d'admiration. Il faut tout prévoir. Si ce mariage ſ'arrangeait, le mien pourrait ſe faire auſſi, moyennant ma fortune actuelle. Je ne t'en-dis pas davantage ; où la raison parle, tout ſ'entend.

Adieu, ma Bonne-amie.

XLI.me

6 décembre.

LAURE, à FANCHON.

[Elle s'informe d'Ursule & de m.me Parangon.]

PERMETTEZ-MOI, chère Cousine, de m'adresser à vous, pour avoir des nouvelles de la Cousine Ursule & de m.me Parangon, que j'ai vues familièrement, sur-tout les deux dernieres semaines de leur séjour ici: Je suis dans la plus grande inquiétude au-sujet de la Première, & vous savez combien la Seconde intéresse mon Cousin Edmond! J'espère que vous voudrez bien m'en-donner des nouvelles. J'aurais pu m'adresser à Ursule, ou à m.me Parangon: mais votre Frère a voulu que ce fût à vous que j'écrivisse, parce-qu'il desirerait savoir je ne sais combien de choses, au-sujet des aimables Arrivées; & il vous prie de me les écrire en-toute confiance; leur santé, leur situation, rien ne lui doit être caché. M.n Parangon lui a paru un-peu indiſposée : il faudrait, pour le tranquiliser, qu'il fût aſſuré d'une conjecture qu'il a faite, que cette jeune Dame n'a qu'une incommodité de mariage. Il vous prie inſtamment de ne lui rien laiſſer ignorer à ce ſujet en-particulier : Enfin, il eſpère que vous n'oublierez pas de lui parler de m.lle Fanchette. Il vient de recevoir une Lettre de votre Mari (1), par laquelle il lui marque, que vous avez le bonheur d'avoir une Fille, & qu'Urſule était ce qu'on craignait. Je ne ſais ſi c'eſt un mal : m.r Gaudét ne le penſait pas, & il vous dira ſans-doute ſes raisons à ce ſujet, puiſqu'il eſt auprès de vous. Tout ce que je ſais là-deſſus, c'eſt qu'il desirerait que ce fût un Fils.

Quant à moi, très chère Cousine, je me trouve ici fort-contente, au-moyen des ſervices que m'a rendus, & que me rend encore m.r Gaudét. Je ſuis, &c.a

(1) La XCV.me du PAYSAN, *T. II*, *pp.* 154 & 155.

*

XLII.me — 10 décembre.

Réponse.

[Ma Femme lui rend-compte de l'arrivée & de la reception d'Ursule, & elle lui parle du desir qu'on a de marier Edmond à m.lle Fanchette.]

LA vôtre, ma chère Cousine, m'a fait un bien-sensible plaisir, d'apprendre directement de vos nouvelles, & de savoir de vous-même que vous avez du contentement: Ce n'est pas que je n'aie été surprise qu'Edmond vous revît: mais m.r Gaudét m'en-a donné des raisons suffisantes; & je vous avouerai, que j'en-avais besoin, ainsi que de voir par-moi-même ce qu'est ce Monsieur, qui m'a paru un bon & édifiant Personage, sans petitesse ni simagrées. Par-ainsi, je commence à comprendre, qu'il ne faut pas croire tout ce qu'on en-dit (1): c'est

(1) Le sort des Ames droites & sans expérience du monde, est toujours d'être ainsi trompées par un Vicieus adrait.

pourquoi, ma chère Cousine, je m'en-vais vous répondre de point-en-point à tout ce que vous me demandez, & vous écrire dans la même liberté que si c'était à Ursule. Et d'abord, pour commencer par le commencement, je m'en-vais vous parler de l'arrivée; car ma Lettre étant autant pour le chèr Edmond que pour vous, ça lui fera plaisir.

Dès que nous avons eu appris par nos Frères d'Au** Georget & Bertrand, que notre Sœur Ursule avait été enlevée, notre bon Père & notre bonne Mère se prirent tous-deux à pleurer & à se lamenter, comme jamais ça ne leur était arrivé. Et ils nous firent tous avertir de venir; car ils étaient seuls en-ce moment à la maison. Et étant venus tous en-grand'hâte, pour savoir ce que c'était, nous avons trouvé notre bonne Mère à-genous en-pleurs, & notre Père qui se tenait appuyé contre une armoire. Dès qu'il nous a vus, il nous a dit: —Mes Enfans, Dieu m'envoie

une

une grande affliction! car il a livré au pouvoir des Méchans la Fille bien-aimée que j'avais envoyée à la Ville, & dans laquelle j'avais mis ma complaisance : il me punit de ma gloire & vanité, que j'avais mise dans cette pauvre Créature, à cause de sa gentillesse : On l'a enlevée-. A ce mot, nous avons tous poussë un cri de douleur & de desespoir : Et Un-chaqu'un des Garsons a offert de courir au-secours de sa Sœur; mon Mari sur-tout. Et notre Père nous a dit : —Mes Enfans, j'apprens que votre Frère Edmond & la bonne m.me Parangon sont partis : Et ils feront plûsque vous, & plûsque moi-même, qui ne connaissons pas ce pays-là : sans quoi je partirais tout-aussitôt-. Et le bon Vieillard s'est mis à genous, & nous a dit de nous y mettre, pour entendre la lecture du Chapitre de Job, où Dieu envoie les maux à ce saint Homme ; & notre Père nous l'a lu en-pleurant : & après qu'il l'a eu lu, il s'est levé, &

il a dit a notre bonne Mère : —Ma Femme, consolez-vous, & coignez un-peu vos larmes ; Dieu nous l'a donnée, Dieu nous l'a ôtée, que son saint nom soit beni : mais il faut espérer qu'il nous la va rendre : car votre Fils Edmond, actif & vigilant, est à sa poursuite ; & ce bon Fils, je le connais, n'aura ni repos ni trève qu'il ne l'ait retrouvée : Et vos Fils, que voila, qui viennent nous apprendre ce malheur, seraient bien-partis avec lui, si cela était nécessaire : mais il leur a dit, qu'il suffisait, & qu'il avait à Paris m.r Gaudét, homme de de crédit & d'esprit, qui en-ferait plûs qu'eux-tous ensemble ; sans compter que la bonne Dame Parangon partait avec lui. Reconfortez-vous donc un-petit-brin ; car votre Fille sera sauvée.-. Ce discours a dónné un-peu de courage à notre bonne Mère, & elle s'est mise à questionner ses deux Fils Georget & Bertrand. Mais ils n'ont pu lui rien dire, sinon qu'Edmond était tout hors de lui-même, & qu'il se dépêchait, dépêchait, à-celle-fin de partir plûs-vîte, n'écoutant rien de ce qu'on lui disait d'autre-chose; & leur disant à eux: —Mes chèrs Frères, répondez de ma Sœur sur ma vie à nos chèrs Père & Mère-. Et à ce mot, *sur ma vie*, notre bon Père s'est levé, les bras tendus vers le Ciel, en-s'écriant: —Mondieu! bénissez ce bon Fils, qui est de flâme & de fer, pour servir ses Frères & Sœurs!... Si est-ce bien, que c'est lui qui l'a demandée pour aler à la Ville: mais tant-s'en-faut que je le fasse auteur du mal qui arrive, qu'aucontraire, je l'en-regarde comme le réparateur; c'est un malheur envoyé par Dieu-même, pour nous éprouver, & où notre Fils Edmond n'a part qu'innocemment, & pour le réparer. —O mon Mari! vous avez raison, a dit notre Mère; & nous serions bien-injustes, si nous mettions le malheur de sa Sœur sur ce pauvre

Fils, qui n'en-peut-mès ; & si pourtant vous voyez qu'il le croit, & qu'il vous répond d'elle *sur sa vie!* O si j'alais perdre mes deux pauvres Enfans! Mon-dieu! ayez pitié de mon Fils & de ma Fille-! Et voila que nous avons eu huit ou dix grands jours de mortelle inquiétude; jusqu'à-temps que soit venue la Lettre d'Edmond à mon Mari, qui nous a appris qu'Ursule était retrouvée ; mais ... victime d'un Brutal.... Cette nouvelle a porté d'abord un rayon de joie ; & dès que mon Mari eut lu, *Notre Sœur est retrouvée* (1) ; notre bonne Mère s'écria, *Dieu soit beni!* & notre Père ajouta, *Et qu'il bénisse notre Fils!* Mais ensuite ... tout le monde a baissé les ieux, & peut-être y en-avait-il qui eussent mieux aimé apprendre sa mort... Et quand on en-a été à la grosse somme que m.r Gaudét a fait donner, sans qu'Edmond y eût part,

(1) Voyez la XCIV du PAYSAN, *T. II, p.* 151.

si ce n'est par l'amitié que lui porte m.r Gaudét, & sans que notre Sœur le sût, notre bon Père en-a fait la remarque, & il a eu la bonté de demander à son Fils-aîné, ce qu'il en-pensait, comme s'il avait eu peur de se tromper? —Je dis, mon Père, a répondu le bon Pierre, que voila un grand malheur autant en-train d'être bien-réparé qu'il peut l'être; & que si m.r Gaudét est fils du siècle, comme l'Évangile le dit de l'Intendant infidèle, il est encore plus-prudent & plus-sage que cet Intendant. Si le mal nous est venu par la demande qu'Edmond a fait de notre Sœur, pour aler à la Ville, c'est aussi par lui que vient toute la réparation; car c'est pour lui qu'agit son Ami, & non pour nous, qu'il ne connaît pas: Et quant à ce qui est de la somme, toute la manière de m.r Gaudét marque l'estime qu'il a pour nous, & sa croyance à nos sentimens d'honneur, puisqu'il nous cache tant ce qui pourrait nous blesser dans une chose d'honneur, qu'il raccommode par l'intérêt, autant que raccommoder se peut. Voila, mon Père, quel est mon sentiment. —Je l'approuve, mon Fils-aîné; car c'est aussi le mien; & ça aurait été, je crois, celui du vénérable Pierre R** (que Dieu mette en-sa gloire-!) On a ensuite achevé de lire la Lettre, où Edmond parle de l'état d'Ursule; des bons-soins de m.me Parangon, tant envers la Sœur, qu'envers le Frère, & où il s'exprime à ce sujet d'une façon bien-vive; de l'arrivée du Conseiller, ainsi que de tout le reste. J'ai ensuite reçu une longue Lettre d'Ursule, qui m'a bien-touchée, & bien fait-faire des réflexions! mais je me suis bien donnée-de-garde de la montrer à Persone; elle est serrée pour jamais en-un lieu où on ne pénétrera pas de mon vivant. J'en-ai pourtant dit quelque-chose à mon Mari, me doutant bien qu'il en-viendrait une-autre. Et c'est aussi ce qui est arrivé: On a reçu une

Lettre d'avis, que m.r Gaudét avait adreſſée au très-chèr Père Ed·· R**, & qui n'était qu'un ſimple avis du jour de l'arrivée à Au**, & du nombre des Perſones qui venaient : ſi-bien que mon Mari eſt parti au-devant de ces chères Perſones, avec nos deux Frères d'Au**, & leurs Femmes, qui étaient venues les joindre, & qui étaient reſtées pour conſoler nos bons Père & Mère dans leur affliction. Et le même ſoir, nous avons vu tout le monde arriver. Notre bon Père & notre chère Mère ont été audevant, par envie de-revoir plutôt leur pauvre Fille, & par révérence pour m.me Parangon & pour m.r Gaudét, qu'ils ont reçus, ainſi que l'a marqué mon Mari à ſon Frère. Et quand ils ont vu Urſule un-peu pâlote, mais ſi jolie, qu'ils ne l'ont pas reconnue, & qu'ils l'ont demandée, quoiqu'elle ſe levât pour les venir embraſſer, ils ont tous-les-deux fondus en-larmes ; & ils l'embraſſaient, puis la regardaient émerveillés, fur-tout notre bonne Mère, qui ne ceffait de dire : —* O ma chère Enfant ! je ne m'étonne pas !... O Madame ! a-t-elle dit à m.me Parangon, cachez-vous, vous & votre aimable m.lle Fanchette, quand vous ferez à Paris ! car au premier-jour, il vous en-arriverait tout-autant-! M.me Parangon, pour réponfe a laiffé couler deux larmes, qui nous ont navré le cœur, & nous-nous fommes tous empreffés à la confoler ; & notre Père lui-même, lorfqu'elle a entré, l'a fait affeoir dans le grand fauteuil qui vient de fon Père, & où il ne fe met jamais par refpect, & là, il a fléchi un genou devant elle, en-lui disant : —Belle Dame, encore qu'il ne convienne de fléchir le genouil, fi ce n'eft devant Dieu & fes Saints ; fi eft-ce qu'on voit reluire en-vous tant de grâce & de rayons divins, que je ne crois faillir, en-vous départant cet hommage : d'autant que je vous demande humblement pardon des peines que

* Sujet de la XIV.me Estampe.

Binet del.　　　Giraud le jeune sc.

que vous ont causées mes Enfans (1). —Monſieur, a répondu la Dame, je les pardonnerais avec bien de la joie, ſi toutes étaient ſans offenſe du Seigneur : mais il en-eſt que je ne ſaurais me pardonner à moi-même-. Et elle a encore pleuré. Ce qui la rendait ſi belle & ſi touchante, que tous nous en-étions émerveillés. Enſuite notre Père a cherché des ieux m.r Gaudét; car il n'avait pu encore ſonger qu'à Urſule & à m.me Parangon. Et voyant un Bel-homme en-habit violet à-boutons d'or, il lui a demandé, où donc était le Révérend? —C'eſt moi, mon chèr Monſieur R** : permettez que j'embraſſe en-vous le reſ-

(1) Je n'ai rien dit encore du langaje de mon Père, qui paraîtra d'un-autre ſiècle aux Ignorans de ce qui eſt dans les campagnes isolées : c'eſt qu'on y parlait le langaje d'Il-y-a 200 ans, il n'y a pas vingt années, à-cause des Bibles antiques qu'on y lit. Celle de mon Père eſt de 1551, mais *éditée* par des Catholiques.

pectable Père du meilleur de mes Amis-. Et il l'a accollé ; puis il a embrassé cordialement notre Mère, puis nous-tous sans exception auqu'une, & moi-même, en-disant : —J'embrasse Edmond dans Chaqu'une de ces chères Persones-. Notre Père l'a regardé & écouté ; puis il a dit à m.me Parangon : —Dites, Madame, si mon Fils mérite tant d'amitié ? —Oui, bon Père ; & vous pouvez m'en-croire ; car je ne le flaterais pas. —Peut-être, a dit m.r Gaudét, êtes-vous surpris, Monsieur, de me voir sous cet habit ; mais les démarches que j'ai été obligé de faire, & la compagnie de ces Dames le rendent nécessaire : en-cavalier, on impose aux Faquins ; sous mon habit ordinaire, ils m'eussent ri au néz, & eussent peut-être insulté Celles qui marchaient sous mon escorte. En-bon Chrétien, je pardonne les injures, quand je n'ai pu les éviter ; mais en-Homme prudent, je préfère de m'en-garantir, à les pardonner. —Vous en-avez, Monsieur, de la prudence, a dit notre Père, & de la si parfaite en-toute votre conduite, que vous êtes pour nous un objet d'admiration. —Vous voyez, mon *Sauveur*, a dit Ursule, qu'on a ici de vous la même idée que moi: il ne vous reste plus qu'à mériter l'admiration la plus-flateuse-. Et je crois qu'elle a jeté un coup-d'œil fin sur m.me Parangon. On avait préparé un beau souper, qui a été plus gai que nous ne le comptions; car m.r Gaudét a tant d'esprit, qu'il n'a pas laissé règner la mélancolie; aucontraire, il a égayé jusqu'à m.me Parangon, qui paraissait la plus-triste & la plus-enfoncée en-elle-même. Elle a souri deux-fois; & elle lui a même dit: —Je conviens de tous vos talens; vous êtes un Homme aimable, uniq peut-être! ah! m.r Gaudét? qu'il vous en-coûterait peu, si vous le vouliez-!... Mon Mari à ce mot, a regardé la belle Dame, & lui a fait comme un serrement de main, que j'ai entrevu, parce-que j'étais la plus-près d'eux. Voila, ma chère Cousine, ce qui s'est passé le premier jour de l'arrivée. Le lendemain, je me suis rendue la première auprès d'Ursule : elle dormait. J'ai passé dans la chambre de m.me Parangon. Je l'ai trouvée debout. Elle m'a fait-signe qu'elle alait sortir avec moi, pour ne pas réveiller m.lle Fanchette. Je l'ai menée chés nous; où elle m'a fait tant d'amitiés, tant de louanges, tant de caresses, qu'elle aurait amolli mon cœur, si je l'avais eu de pierre ou de fer. Je n'ai jamais senti de ma vie une si grande ouverture de confiance : j'ai répondu à bien des petites questions qu'elle m'a faites. Ensuite, apparemment qu'elle a été contente de moi; car elle m'a fait ses confidences, & entr'autres qu'elle était enceinte : & elle m'a demandé sur son état des conseils, que je lui ai donnés avec grande satisfaction. Voila ce que vous paraissez desirer de savoir à son sujet.

Quant à sa santé, je ne suis pas sans crainte; elle a un fond de chagrin, qui, à certains mots qu'on lâche sans y penser, quand on n'est pas au-fait, lui tirent aussitôt les larmes des ieux. La pauvre chère Dame! tant de mérite & de beauté, & n'être pas heureuse!... Hélas! que de regrets doivent avoir Ceux qui l'ont affligée!... Elle m'a parlé de ce que vous aviez été ensemble à la Comédie, avec Ursule, & elle en-a regret; car elle pense qu'elle a offensé Dieu, par toutes ces choses-là, & que dans certaines circonstances, on doit plutôt matter l'esprit & la chair, que de leur donner leurs plaisirs. Aureste, elle parle de vous en-bons termes; assurant que vous vivez fort-honnêtement avec la Cousine votre Mère, que vous respectez. Ce mot m'a fait plaisir, ma chère Laurote. Quant à notre pauvre Ursule, elle s'est éveillée tard, & elle sera bien-plutôt rétablie que m.me Parangon. Cependant, depuis huit jours que les voila ici ; elle ne paraît pas se remettre vîte. Je la soupçonne dans l'état qu'on craint d'une part, pendant que de l'autre, on voudrait voir, si ça n'amènerait pas une chose glorieuse & réparatoire. Je crois pouvoir assurer mon Frère, que s'il est de Ceux qui desirent (puisque le mal est fait) que la chose soit, qu'elle est. Pour-à-l'égard de m.[lle] Fanchette, c'est une Enfant si aimable, si douce, si innocente, & si spirituelle malgré ça, qu'elle fait ici l'admiration & l'amour de tout le monde. J'ai eu avec Ursule une conversation à son sujet. Son sentiment serait qu'on profitât du demeurement ici, pour faire le mariage d'Edmond. Et si mon Frère aime nos Père & Mère, & veut calmer la secousse qui leur vient d'arriver, ce serait de faire ce mariage, sans s'arrêter à toute raison contraire, que nous ne trouvons bonnes ni Ursule ni moi. Je vois assés comme pense la bonne Parangon, pour répondre de son consentement: quoiqu'elle ait beaucoup d'esprit, c'est une Brebiette; & jamais elle ne pourrait se refuser à faire ce plaisir à notre pauvre Mère: qu'Edmond voye donc, s'il veut mettre la joie dans l'âme à sa bonne Mère, qui l'aime tant! Je vous prie, très-chère Cousine, de lui faire entendre ça: Ursule se joint à moi, pour l'en-prier, & toutes-deux nous l'en-prions quasi à [illegible] nous. Autre-chose ne puis vous mander, très-chère Cousine; sinon que Ceux d'ici qui savent que je vous écris, comme mon Mari, Ursule, & Edmée notre Bellesœur, qui est revenue hièr, vous prient d'accepter leurs amitiés, comme celles de bons Parens & Parentes. Et moi, je suis, &c.a

XLIII.me

25 décembre.

GAUDÉT, à EDMOND.

[Il l'empêche de ſonger à un honnête mariage par des motifs adroits.]

Si tu desires d'être encore père, tu le ſeras, & tu le ſeras, par la belle Parangon: tu peux y compter: elle ſe conſerve; ſa conſcience timorée lui ferait un crime d'exposer, ce qui lui vient d'une part trop-chère, pour qu'elle ne l'aime pas audelà de toute expreſſion. Quant à certain mariage, dont j'ai découvert qu'on te parle d'ici, dans une Lettre furtive, mon avis eſt négatif. J'ai d'autres vues: & la belle Parangon elle-même ne ſ'y prêterait que par-complaisance. Voudrais-tu lui ravir tout eſpoir, dans la ſituation où elle eſt? Il y aurait de la cruauté! Attens mon retour: ne te rens à auqu'une ſollicitation. Les Femmes ne t'ont pas aſſés bien conduit jusqu'à-présent pour que tu les écoutes. Sur-tout ne dérange pas mes projets au-ſujet du Marquis, par ta bravoure enfantine, comme toutes tes autres vertus. Car envérité, tu n'es qu'un grand Enfant. Ce qui ne veut pas dire que tu manques d'eſprit ; au-contraire, tu en-as beaucoup ; mais il te manque du génie, pour embraſſer l'enſemble d'un projet. Celui que j'ai formé eſt le plus-vaſte que Tête humaine ait jamais conçu, & le plus ſcâbreus. La réüſſite en-ſerait certaine, ſi j'avais un Second ; mais il ne-faut pas encore te l'exposer. Lorſque je paraîtrai retrograder, tu croiras tout perdu, & tu te tromperas ; il me faudrait un Génie comme le mien, pour me ſeconder, ou un Automate : tu n'es ni l'un ni l'autre, & tu es entêté comme le ſont les Sots, quoique que tu ne ſois pas ſot. En-effet, qu'eſt-ce qu'un Sot ? C'eſt un Homme d'un eſprit borné, dont les vues ſont courtes & qui ſe les croit fort-longues, prévenu en-ſa faveur, aſſés bouché pour croire tout connaître, tout savoir, & qui ne sait rien: n'ayant pas assés de lumières pour voir ses défauts & son incapacité; hardi par ignorance, jusqu'à l'effronterie; ne rougissant jamais, parce-qu'il manque de sentir, & que son orgueil stupide l'empêche de s'apercevoir qu'il fait-mal: méchant, parce-qu'il manque d'entrailles & que la sensibilité est en-lui aussi obtuse que les lumières de son esprit sont obscures: dans mille choses, n'en-saisissant qu'une comme les Animaux, & ne voyant qu'elle, y tendant en-dépit des obstacles, même insurmontables; réüssissant par-là quelquefois, & n'en-devenant que plus sot, la vanité étant le comble de la sotise. Edmond aucontraire, est sensible à l'excès, & ne ressemble quelquefois au Sot, que par le trop de ce que ce Dernier n'a pas: Mon Ami est pénétrant; il a l'esprit juste, un discernement exquis; il voit le vrai but, pourvu que les choses ne soient pas tropcompliquées; son impatience naturelle l'offusquerait: il ne faut pas non-plûs que les choses à-faire, quelqu'avantageuses qu'elles soient, blessent les préjugés de son éducation; il se câbre alors, & il ressemble dans cette situation au Sot, comme deux gouttes-d'eau. Par-exemple, si je lui découvrais mon plan dans son entier, je suis sûr qu'il y apporterait le plus grand obstacle: non par sotise, mais par une sorte de magnanimité qui lui est naturelle. Mais il faut savoir distinguer les vertus, & les employer à-propos. Turenne, sous Louis-XIV, avait besoin de cette magnanimité; qui ne veut rien que de noble: elle alait à-merveille à ce vaillant Guerrier: Mais donnons cette vertu, dans le même genre, à Louvois, elle aurait perdu l'État: c'était pourtant deux Grands-hommes: mais il falait que le Ministre eût des vertus bien-différentes du Guerrier; des vertus qu'un Préjugiste eût regardé comme des vices,

& qui n'en-étaient que plus-ſublimes, parce-qu'il falait une âme forte pour les avoir à ce dégré........ : Laiſſe-moi donc agir, Edmond : Ta Sœur eſt ce qu'il faut qu'elle ſoit. Si cela ſe confirme, je la remmène, ainſi que la belle Parangon, qui doit ſe cacher, comme tu penſes ! & je n'aurai ni repos ni trève, que je n'aie réüſſi, ou fait quelque-chose de mieux. Car, que m'importe comment ta Sœur & toi vous ſoyiez heureus ? l'*unum neceſſarium*, eſt de l'être. Adieu. Je me dépêche, pour profiter d'une occasion.

P.-ſ. N'avoue rien à Laure de ce qui regarde m.^me^ Parangon : je ne lui en-parlerai de ma vie : Elle eſt un-peu indiſcrette ; mais elle n'a que ce défaut-là.

XLIV.me

10 janvier.

URSULE, à EDMOND.

[La voila qui s'ennuie du ton qui règne chés nos Père & Mère, & qui découvre des dispositions, que nous n'aurions pas soupçonnées!]

ON a reçu ta Lettre & ta relation (1), chèr Ami: La dernière m'a plûs fait de plaisir qu'on ne s'en-doute chés nous; elle m'a fait espérer que tu étais tranquile, & que je n'avais plus de nouveaux malheurs à craindre. Nous sommes à Au** depuis deux jours: m.me Parangon s'y montre à-présent, pour en-disparaître ensuite avec plûs de sûreté; je dois l'accompagner. Mais nous ne voyons qu'un certain monde, & nous passons les journées chés m.me Canon. Fanchette sort avec cette Dernière, pour tout ce qu'il faut que nous ayions, avant notre départ.

(1) Voyez la XCVII.me du PAYSAN, *T. II*, *pp.* 157 & *suiv.*

Nous avons eu à S** bien du lamentable; & je t'avoue, que moi, qui ne suis plus faite à ce ton, j'en-ai par-dessus les ieux. J'ai été charmée de l'absence que nous procure notre petit voyage; & dans l'excès de mon ennui, je ne sais en-vérité, si je ne pardonnerais pas au Marquis une situation, qui m'oblige de retourner à Paris: La vertu est aimable; mais il faut un-peu l'égayer, & chés nous, elle ne se montre que la larme à l'œil. Avec cela, si vous prenez le moindre soin de cette pauvre figure, vous vous attirez des apostrofes sans-fin: *Je ne m'étonne pas! Vous êtes coquette! Voila ce que les Coquettes s'attirent!* On n'ose rien répondre: mais je songe à mes quinze-mille livres, & je me console. Tu vois par le ton que je prens dans cette Lettre, qu'il ne faut pas que tu voyes les choses au dernier tragiq, & que tu ferrailles avec le Marquis, si tu le rencontres.

Parlons un-peu de tes affaires. L'aimable Femme est grosse : c'est un point assuré : elle en-est sans-doute fâchée ; mais ne crains rien de sa douleur ; je suis bien-sûre qu'elle ne voudrait pas qu'un Pouvoir surnaturel lui en-ôtât la cause : ainsi, ton chagrin à toi-même doit s'éclaircir & devenir moins-sombre ; il ne te doit rester que la douleur de l'offense faite à Dieu : je te le répète, quant à l'aimable Femme, tu lui as fourni une occasion d'exercer agréablement le reste de sa vie sa précieuse sensibilité.

Mais il est un-autre point que je veux traiter. Ma charmante Compagne, est jeune, belle, innocente, héritière en-totalité de m.me Canon, qui me le dit encore hièr, & qui desire ton mariage avec elle : Fanchette te rendra heureus, je puis t'en-répondre, s'il est dans la nature de ton cœur qu'une Femme puisse faire ta félicité. Donne-moi cette aimable Sœur. Cela est jeune, tu la formeras à ta fantaisie ; tu ne seras pas gêné, comme tu le ferais avec m.^{me} Parangon, si elle était veuve, & que tu l'épousasses; jamais tu ne serais que son humble esclave; à-moins que tu n'imitasses ces Brutaux qui humilient d'autant leur Femme, qu'ils lui doivent davantage: viens ici. Mr Gaudét nous a quittés; il est chés ses anciens Confrères. C'est un chèr Ami, que j'aime de tout mon cœur; mais il faut nous cacher de lui pour ce mariage. Arrive à S**, sans t'arrêter ici; fais m'en-dire un-mot en-passant; nous te suivrons le lendemain, nous concluerons, & tu reviendras marié embrasser ton Ami: car il faut qu'il soit des fêtes; & tu verras qu'il en-sera le plus-agréable assaisonnement. Tout le monde ici desire ce mariage, & tu es sûr de causer une satisfaction générale: ce motif ne sera pas impuissant sur ton cœur, naturellement bon. Viens donc, mon chèr Ami-frère: nous repartirions tous-ensemble pour Paris, & j'y demeurerais chés vous jusqu'à l'évènement,

ment, ou un mariage, avec un agrément infini.

Le Conseiller est fort-aimable: mais je t'avouerai que si le Marquis en-agissait comme il convient, & qu'il te falût un sacrifice, je te le ferais, ou tout-autre: Il me suffira toujours de savoir qu'une chose t'est réellement avantageuse pour que je me sacrifie. Je l'ai dit à notre Ami commun, qui m'a sondée plus-d'une-fois à ce sujet, & qui loue fort mes dispositions à ton égard.

Adieu, mon chèr Edmond: & crois que je me féliciterai toute ma vie de ce qu'a fait ton amitié, pour ta tendre Sœur

URSULE.

P.-ſ. Renvoie-moi cette Lettre, ou garde-la pour me la rendre, depeur d'accident.

XLV.me

29 janvier.

Réponse.

[Il envelope l'annonce de son duel, en-répondant sur ce qu'Ursule lui a marqué.]

Tout ce que tu m'écris, ma chère Ursule, est raisonnable: mais je suis dans une passe qui ne me permet pas d'y songer. Ainsi, abandonne ces chimères, pour ne t'occuper que de toi. J'ai mes desseins, dont rien ne peut me détourner: ma trame est ourdie; il faut que je suive ma destinée. Je ne saurais cependant m'empêcher de te marquer la satisfaction que m'a donné un mot de ta Lettre, au-sujet du Marquis. S'il t'épouse, c'est mon meilleur Ami; j'oublie tout. Le mariage est le batême du viol; il doit l'effacer. En-effet, ce crime change alors de nature; aulieu d'être un coupable attentat, digne de tous les châtimens, ou de toutes les fureurs de la vengeance, parce-qu'il a humilié une Famille dans ce qu'elle a de plus-délicat, l'honneur d'une Fille, il ne devient plus que l'effet d'une passion insurmontable, obligeante, flateuse: loin de blesser l'honneur de la Fille, il élève aucontraire un trofée à ses charmes. Le seul qui soit digne des tiens, ma Sœur, c'est le mariage, avec le titre que le Marquis seul peut te procurer: Ta beauté assés séduisante pour cela; & quoique ton Frère, cent-fois j'ai senti, que tu ne pouvais causer des passions médiocres. Tu sauras dans peu ce qu'on a droit d'attendre du Marquis; & alors, quoiqu'il en-soit, je te recommande de partir, & de venir te présenter ici à la Famille. Si tu as un Fils, & que la chose ait tourné d'une certaine façon, elle pourra l'adopter: Si c'est le contraire (1), elle fera sans-doute le

(1) Edmond seul l'entendait ici: *Si je tue, la Famille privée d'Heritier, pourrait adopter ton Fils; si je suis tué, la Famille fera sans-doute le mariage:* Voila le sens.

mariage : mille raisons que je tais pourront l'y engajer ; & je prens dès aujourd'hui des précautions pour cela. J'ai des idées que j'ai mises par écrit, & qui seront rendues à Gaudét, pour qu'il agisse, lorsqu'il en-sera temps. Ce papier est tout-prêt, & cacheté, entre les mains de Laure, qui ne doit le remettre, que dans une circonstance, que j'aurai soin de lui faire connaître. Adore pour moi ma véritable, ma seule Épouse, mais en-silence. Quant à la charmante Fanchette, que n'ai-je un Second-moi-même digne d'elle à lui donner ! Que n'ai-je deux corps avec une seule âme, qui les animât en-même-temps ! elle en-aurait un. Adieu, chère Sœur. Tu sauras dans peu combien je t'aime, à n'en-pouvoir douter. Prie nos chèrs Parens de m'aimer, & de se souvenir de leur Fils EDMOND.

XLVI.me

1 février.

URSULE, à EDMOND.

[Elle flate le panchant d'Edmond, & lui ouvre son cœur, déja gâté, au-sujet de l'adultère.]

Envérité, mon Ami, tu es parvenu à me donner les plus cruelles inquiétudes, par la manière dont ta Lettre est tournée! Mais avant de faire auqu'une démarche imprudente, songe auparavant à tout le chagrin que tu donnerais aux Persones qui te sont les plus chères! M.me Parangon, déja languissante, ne pourrait supporter un nouveau malheur; & si tu l'aimes, comme je n'en-saurais douter, tu lui épargneras un surcroît de peines. Je la regarde avec plûs d'attention, depuis que j'ai reçu ta Lettre; & je vois qu'en-effet, quand on l'aime, il est impossible de cesser de l'aimer. Ne parlons donc plus de m.lle Fanchette; mais de sa Sœur. Conserve-toi pour elle. Que ſait-on ce qui peut arriver? Son Mari n'eſt pas immortel... J'oserais même dire quelque-chose de-plûs, ſi cela pouvait aler dans la bouche d'une Fille..... Mais pourquoi non?... Je ne l'aurais pas dit il y a ſix mois; mais aujourd'hui, je puis parler, ce me ſemble, auſſi librement qu'une Femme. Je crois, qu'il eſt certains Maris, à qui leurs Épouses ne doivent rien, ou très-peu de chose. Je raſſemble dans mon eſprit tout ce qu'il faudrait être pour mériter certain traitement; enſuite, je trouve que m.r Parangon eſt tout-cela au plus-haut degré... J'ai resolu de te ſervir auprès de mon Amie. Cela te convient-il? Parle? Je ferai tout ce qui pourra t'obliger. M.r Gaudét me paraît dans le même deſſein; il m'en-a touché quelque-chose; mais comme en-craignant de l'ouvrir à une Bégueule, telle qu'il me croit encore. Envisage donc l'avenir qui t'attend, comme l'amitié te le prépare, chèr Ami, &

calme-toi, par reconnaissance pour tant de Persones qui vont travailler à ton bonheur. Je te previens qu'on veut chés nous que je reste maitresse absolue de mon revenu : c'est dire, que tu en-seras le maître. Adieu. Je voudrais déja que cette Lettre fût entre tes mains ; & tu sens de quelle conséquence il est qu'elle me revienne !

P.-s. Nous sommes toujours à Au**. Nous n'avons-vu qu'une-fois m.[r] Parangon ; son état nous dispense de lui rendre-visite, & l'empêche de venir chés nous. Tout le monde dit, que c'est bien-fait.

XLVII.me

3 février.

GAUDÉT, à EDMOND.

[Idées vraies sur le duel.]

Je commence *ex-abrupto*; je vais parler comme je t'aime.

Le duel, Edmond, est une action basse, un acte dégradant, qui ravale l'Être raisonnable à la condition des Brutes. Ose l'analyser : qu'est-il? Un mouvement félon, qui porte l'Homme à chercher à ravir la vie de l'Homme dont il se prétend offensé, en exposant la sienne propre. Les Peuples modernes mettent de la noblesse dans cette action ; mais il y a là un renversement absolu d'idées ; car c'est la plus-atroce de toutes : j'y vois l'assacinat, & le suicide. L'assacinat s'y trouve: car Celui qui provoque, ou accepte le duel, espère tuer ; souvent il s'est préparé, pour être plus-sûr de son fait. Le suicide y est également, en-ce qu'il qu'il faudrait être fou, pour ne pas compter sur la possibilité d'être tué : le Duelliste fait donc alors le sacrifice volontaire de sa vie à la passion qui le domine. Or si le suicide & l'assacinat sont deux actes illégitimes, le Gentilhomme-français, qui met son honneur à venger ses injures particulières par ce moyen, ne peut être un Homme d'honneur, qu'autant qu'une loi du Prince & de la Religion aura autorisé le suicide & l'assacinat : jusqu'au moment où cette loi sera portée, le Duelliste est le plus-coupable & le plus-vil des Hommes.

A-l'appui de cette assertion, vient la connaissance que j'ai eu occasion de prendre du caractère des plus-déterminés Duellistes. Je les ai trouvés des lâches à leurs derniers momens; je les ai trouvés des lâches après la victoire, lorsqu'il falait se dérober aux poursuites; je les ai trouvés des lâches dans les affaires même d'honneur, comme on les appelle si improprement ; je me ſuis aperçu, que l'excès de crainte de la mort, les portait à ſe ſuſciter quelques affaires, auſquelles ils ſ'étaient préparés, pour inſpirer une haute idée de leur courage, & pouvoir être lâches tranquilement le reſte de leurs jours : je les ai trouvés auſſi mauvais Officiers & mauvais Soldats en-campagne, qu'ils étaient bravaches en-garniſon, & loin du danger. Le Plus-faquin des Duelliſtes que j'aie vu, était un certain *P*—, qui ſûr que Ceux qui l'accompagnaient, avaient ordre de préſerver ſa vie, & qu'il en-ſerait quitte pour quelques gouttes de ſang, pouſſait ſon Adverſaire par des injures, & la plus-ſanglante ironie : Il ſe battit ; il fut bleſſé : effrayé, comme une Femmelette, à la vue de ſon ſang, il ſe hâta de remonter dans la voiture qui l'attendait, & donna les ſoins les plus-inquiets à une bleſſure qui n'avait qu'effleuré la peau. Une autre fois, je ſuivais ſur le *Quai-du-Louvre*, deux jeunes Officiers en-semestre, qui, accompagnés de trois de leurs Camarades, alaient se battre dans les *Champs-Élisées:* Celui qui avait provoqué l'Autre, était pâle, tremblant, & Tous-cinq fesaient tant de bruit, que tout le monde, depuis le *Pont-henri* jusqu'aux *Tuileries*, fut instruit de leur futur combat, & de ce qui l'avait occasionné. Parmi dix-mille Ames qui furent mises dans la confidence, il s'en-trouva Une, heureusement! qui empêcha le combat, à la grande satisfaction des Combattans.

Tous les Duellistes sont en-général de mauvais-sujets; c'est une vérité certaine: pour les avilir, je n'ai besoin ni des lois du Prince, ni de celle de la religion; je ne veux employer que le sens-commun. L'origine des duels, tant cherchée, n'est autre que les combats en-champ-clos, ordonné par des Militaires ignorans, trop-peu versés dans l'exercice de leur raison, pour connaître le bon-droit: ces combats, la honte de la raison humaine, qu'une demi-civilisation a fait ſupprimer il y a longtemps, avaient dumoins un appareil imposant; ils étaient ordonnés; ils avaient des Témoins, des règles: aulieu que le duel, leur fils, n'eſt qu'une vraie boutade, une vraie poliçonnerie, ainſi que ſa cause. Car la plus-grave eſt un ſoufflet; enſuite un démenti: Là-deſſus on met l'épée-à-la-main; parce-qu'il eſt impoſſible de vivre, avec un ſoufflet reçu, ou ou démenti donné. Pour laver cette injure de Souffleté, ou de Menteur, il faut devenir meurtrier, aſſacin, ſuicide... Un Payen (c'était *Cratès* le Thébain), reçut un-jour un ſoufflet d'un-autre Grec nommé *Nicodrome*; Cratès fit écrire ſur ſa joue enflée, *Nicodromus fecit*: qu'en-eſt-il resulté dans le temps & de nos jours? Nicodrome ſeul eſt deshonoré: jugement qui eſt d'accord avec la raison. On vous a donné un démenti. Là-deſſus vous mettez l'épée-à-la-main,

Qu'est-ce que cela peut faire à la vérité, insensé que vous êtes! Brute insigne, que prouverez-vous par-là? Rien, sinon que vous êtes une Bête féroce. Le duel, pour l'Officier & le Soldat, est un crime égal à la desertion, s'il ne le surpasse: vous-vous êtes engajé à servir l'État; & vous tuez ses Défenseurs! Louis-XIV a fait un acte de suprême-justice en-défendant le duel: eh! plût-à-Dieu! pour l'honneur de la raison, que cette loi fût sévèrement exécutée!...

Quant à vous, Edmond, plus-fou que tous les autres Duellistes, si vous le deveniez, vous ôteriez à votre Sœur, sous prétexte de la venger, le seul Homme dont elle puisse attendre une véritable réparation. Adieu.

XLVIII.me URSULE, à FANCHON.

5 février.

[Edmond s'est battu pour elle avec le Marquis.]

CHÈRE Sœur! Edmond s'est battu (1): le Marquis est blessé, peut-être mort. Laure l'écrit à m.r Gaudét (2). O Dieu! est-il possible! Cet Étourdi! tout gâter, tout perdre! plus d'espoir! Je sens que je regrette un Homme .... qui, au-fond, ne m'aurait pas offensée, s'il ne m'eût pas aimée audelà de toute expression! Annonce cette nouvelle avec ménagement, ou plutôt, n'en-parle qu'à ton Mari. Nous partons; & il sera temps d'instruire nos chèrs Père & Mère, quand nous aurons mis notre Frère hors de péril, s'il est possible. Je le crois: son cas est le

(1) Voyez la XXXV.me Figure du PAYSAN.

(2) Voyez la XCVIII.me Lettre du PAYSAN, T. II, p. 164.

plus-grâciable de tous-ceux qu'on peut imaginer : m.me Parangon & m.r Gaudét le disent. Mais la pauvre Dame est au-desespoir : m.r Gaudét, lui, dit qu'Edmond lui tâille diablement de besogne, & qu'apparemment son Bon-ange a pensé qu'il lui falait un pareil Ami, pour empêcher que le Malin n'eût le temps de le tenter. Quant à moi, je suis tout-à-la-fois très-affligée, & fort-en-colère contre Edmond. Le Marquis ne m'a jamais déplu, quoique je l'aie fait croire à cet Étourdi, pour écarter de lui certains soupçons : car on est bien-embarrassée avec ces Fous-là !... Je suis pourtant touchée de son amitié pour moi : je vois que m.me Parangon m'en-veut un-peu de lui être si chère : je le devine à quelques expressions. Comme la nature perce en-dépit de la vertu la plus-épurée !... Adieu, chère Bonne-amie-sœur. Ne dis rien à nos Père & Mère : on me recommande de te le marquer.

XLIX.me

De Paris, 11 février.

Le Même, à la Même.

[Elle nous rassure au-sujet d'Edmond.]

VOUS pouvez tranquiliser nos chèrs Parens, ton Mari & toi, très-chère Sœur. Tout est arrangé, & le Marquis n'en-mourra pas. Edmond s'est comporté en-Homme-d'honneur, & son combat n'a rien qui puisse lui faire-tort; il a passé mes espérances (1). En-partant d'ici, nous comptions toutes sur m.r Gaudét: cependant il n'a rien fait: il n'en-a pas eu le temps: sans intrigues, sans protection, par la seule éloquence persuasive de ses discours, de sa beauté, de son intéressante langueur, m.me Parangon, dès le lendemain de son arrivée, a tout obtenu. Elle a d'abord parlé au Marquis, qui était chés ses Parens: Il

(1) Voyez ce récit, dans les XCVIII & C.mes Lettres du PAYSAN, *T. II*, *pp.* 164 & 169.

a ſu d'elle qu'on pourſuivait mon Frère : & c'eſt lui-même, qui a fléchi ſa Famille irritée, en-fesant de ſon Ennemi le plus-bel éloge. On a pardonné. Juge de notre joie, en-apprenant cette nouvelle, modeſtement racontée par m.me Parangon !

M.r Gaudét, qui desapprouvait auparavant le duel avec tant de force, a été enſuite le plus-ardent apologiſte d'Edmond, contre m.me Parangon, elle-même, qui perſiſte dans ſon ſentiment à ce ſujet. Mais on aſſure qu'elle a parlé ſur un ton bien-différent au Père du Marquis, après en-avoir obtenu la grâce d'Edmond ! Elle lui a fait-entendre, qu'il n'eſt auqu'un Juge, qui eût osé condamner un Frère, en-pareille occasion. . . . .

Je ferme ma Lettre, à-cause de l'heure.

Adieu ma chère Fanchon.

L.me

4 mars.

Réponse.

[Comme nos Père & Mère furent contens du courage & de la magnanimité d'Edmond ; & ma Femme elle-même paraît l'approuver dans sa vengeance.]

Ma très-chère Sœur : A-celle-fin de vous faire une Réponse plus-ample, j'ai attendu que nous *évussions* quelqu'autre nouvelle : ne doutant pas que le chèr Edmond délivré, ne nous écrivît lui-même sa délivrance : Et c'est ce qu'il vient de faire, par une Lettre à mon Mari (1), lequel l'a reçue en-tremblant, mais qui l'a ensuite solemnellement lue, par ordre de notre Père, devant toute la Famille assemblée. Et ce qui nous a fait à tous la plus grande joie, ça été qu'Edmond n'ait pas tué ; mais qu'après le combat, il soit humainement venu offrir & donner secours au Blessé. A cet endroit, notre

(1) La c.me du PAYSAN, *T. II*, *p. 169*.

respectable Père s'est levé, & mon Mari s'est arrêté de sa lecture, croyant qu'il alait parler : mais le digne Homme murmurait bas, comme priant Dieu : & ensuite il a dit à mon Mari : —Continuez, mon Fils–. Et quand ensuite notre bon Père a entendu le reste de ce combat ; comme notre Frère a porté le Blessé ; comme il lui a dit qu'il ne lui en-voulait plus, & que le sang qu'il venait de perdre était le seul qu'il eût de mauvais ; comme il a demandé au Marquis, s'il croyait qu'il eût dû se battre? & comme le Marquis lui a répondu, qu'il le croyait, & qu'il lui pardonnait sa mort, qu'il avait méritée plus-ignominieuse ; comme il a voulu qu'Edmond l'embrassât ; comme il lui a offert sa bourse ; & comme Edmond l'a refusée ; le bon Vieillard, en-entendant tout ça, s'est encore levé suffoqué, & nous a dit : —Mes Enfans, voila de grandes & belles choses ! & Dieu a tiré le bien du mal, dont je bénis son très-saint nom !

car voila de grandes & belles choses! & plût-à Dieu que ce Marquis, qui n'a le cœur auqu'unement gâté, reparât son offense envers ma Fille, comme il vient de le faire dignement, en-la Persone de mon Fils! & Dieu, pour ce, daigne conserver ses jours! Mais mon Edmond s'est comporté d'une façon grande & digne; & je voudrais que mon vénérable Père fût en-ce monde pour en-être témoin: Et quoiqu'il le voit du séjour des Justes, où il est: Par-ainsi, qu'Edmond soit pardonné de lui & de moi, pour les chagrins que son cœur vif nous a causés! Car les cœurs vifs causent des angoisses & des chagrins; mais ils les guarissent avec un baume de joie: aulieu que les cœurs dormans comme les eaux croupissantes, ne causent que langueur mourante & nauséique, sans jamais plaisir auqu'un. Continuez, mon chêr Pierre: car vous êtes cœur vif aussi, mon Fils; mais du-depuis que vous êtes, je n'ai trouvé en-vous & par vous que liesse & plaisir, sans jamais ombre de peine, si ce n'est en-votre maladie, quand nous faillimes de perdre en-vous notre bras droit, & le repos de notre vieillesse-. Et mon Mari a continué. Et il a lu de m.me Parangon; que notre Père a bénie, en-entendant, comment cette bonne & chère Dame avait parlé. Et il semblait qu'il la voyait, quand elle a été le soir dans l'assemblée des Dames, & qu'elle a si-bien parlé, nommant m.lle Fanchette, —Je lui destinais ma Sœur-. —Oh! plût-à-Dieu, que nous fussions à ce beau jour, a dit notre bonne Mère, & que je visse au rang de mes Filles, la chère & aimable d.lle Fanchette! mon Fils m'en-paraîtrait encore plus-aimable; & je compterais, en-pardessus, tout ce qu'il m'a déja donné à Au**-. Et la réponse des Dames a bien fait-plaisir à notre bon Père. Et quand il a entendu que toutes les Dames voulaient qu'il fît leur portrait; il a dit: —Bien, bien! voila que Dieu me rend audelà de mes espérances — ! Et-puis les réflexions d'Edmond ensuite, lui ont encore fait-plaisir ; car il l'a loué ; & tout ce que dit-là Edmond, lui a plûs donné de contentement, que jamais nous ne lui en-avons vu prendre : Cette joie-là, chère Sœur, vous regardait tous-deux. Mais il a été un-peu mécontent d'un mot qui termine : *Ah! Pierre! je ne te dis pas tout!* parce-qu'il a eu peur qu'il n'y ait encore quelque-chose. Mais moi, qui en-sait la signifiance, je l'ai rassûré, de mon mieux en-disant, que ce n'était rien qui dût inquièter, au-sujet de querelles ou de dangers de sa vie, que j'en-étais certaine ; & que ça n'avait de rapport qu'à son mariage. Après ça, nous avons parlé mon Mari & moi des nouvelles que nous avions eues auparavant que de-savoir le bout des choses, & que vous aviez recommandé de ne pas dire, qu'on n'eût réüssi, nous assurant qu'on y alait tout employer : ce qui a bien fait plaisir à nos chèrs Père & Mère, que vous ayiez eu cette attention-là: car ils ont dit, en-se regardant l'un-l'autre: —Nous avons de bons-Enfans; que Dieu les bénisse tous, ainsi qu'ils nous aiment & respectent-! Quant à ce qui est de ce qui vous regarde, très-chère Sœur, il faut que je vous recommande de vous comporter là où vous êtes, à votre plus-grand avantage, qui sera toujours ce qui fera le plûs de plaisir ici. Si j'en-étais crüe, moi qui étais pour le Conseiller, avant ce qui est arrivé, je serais à-présent pour le Marquis: Et je le tranche net, chère Sœur, une Fille doit épouser l'Homme qui l'a approchée, ou Persone. Songez bien à cela. Ce n'est ni la gloire, ni l'honneur de l'alliance qui me tiennent; c'est la raison & le bon sens. Ne croyez pas que vous seriez aussi bien avec m.r le Conseiller, que sans ça; les Hommes ont des *mémorarés* terribles, dans ces occasions-là, & on voit souvent grise-mine quand leur premier feu eſt paſſé ! Et-puis il y a je ne-ſais-quoi qui répugne à l'imagination d'une Femme, d'avoir un Enfant d'autre part, tandis qu'elle eſt mère d'une autre Famille ; ça lui partage le cœur, & ça lui bleſſe à tout-moment le ſouvenir. C'eſt mon idée ; & je crois celle de mon Mari, que j'ai mis ſur ce chapitre-là, à mots-couverts. Quant à ce qui eſt d'Edmond, je vois que c'eſt un Homme-du-monde, & fait pour le monde : Et j'ai aſſés bien goûté ce que m'a dit m.[r] Gaudét, en-me parlant à ſon ſujet, —Je forme Edmond pour être dans les Villes, ce qu'il faut qu'on y ſoit : ma conduite avec Bertrand ou Georget ſerait différente ; & celle avec vos Frères d'ici, ne reſſemblerait pas encore à cette dernière. Mais il y a deux Hommes qui m'étonnent : votre Mari & votre Beaupère. Le Premier eſt d'un ſens & d'une nobleſſe, que je n'ai trouvée nulle-part : le Second eſt un véritable

véritable Patriarche, plein d'honneur & de confiance dans tout le monde, qu'il juge d'après sa belle âme. Je ne parle pas de vous, ni de votre Bellemère : des Femmes de votre sorte ne se trouvent qu'ici. Quant à Ursule, elle a besoin de mes leçons, unies à celles de m.me Parangon-.

Par ce que je vous marque-là, chère Sœur, vous voyez qu'Edmond n'est mal dans l'esprit de Persone ici, à-moins que ce ne soit un-peu dans celui de son meilleur Ami, après son Père : car mon Mari, dans tout-ça, hors quand son Père parle, est tout-pensif, & on voit qu'il n'a pas la tranquilité d'esprit au-sujet d'Edmond, ni peut-être de vous : Et il est fâché de ce qu'Edmond voit les comédies & divertissemens mondains : c'est vous dire qu'il les craint encore plûs pour vous.

Je suis avec une tendre amitié de Sœur, &c.[a]

LI.me

3 juin.

GAUDÉT, à URSULE.

[Adresse du Corrupteur, pour faire aler jusqu'à la Sœur, ce qu'il a dit au Frère, & pis encore.]

JE suis en-commerce de Lettres avec votre Frère, Mademoiselle: & quoique nous soyions dans la même Ville, nous traitons par écrit. Comme votre situation présente vous prive de tous les divertissemens & de tous les plaisirs, je pense que la lecture de notre correspondance vous distraira, & pourra vous instruire: j'ai gardé le brouillon de mes Lettres, & je vais vous copier les siennes, ainsi que deux de la belle Parangon, qu'il a bien voulu me confier.

[Ici Gaudét place tout au long les CI, CII, CIII, CIV, CV, CVI.mes Lettres du PAYSAN, *T. II*, *pp.* 174—238.]

Vous voyez que l'adorable Parangon ne dédaigne pas d'entrer en-lice avec moi,

& je veux bien vous prendre pour juge, quoique je puisse vous soupçonner d'un-peu de partialité.

Dans votre Famille on a de la piété, comme nos Militaires ont de l'honneur; c'est une sorte d'esprit-de-famille. Elle y est onctueuse, touchante, & la source de mille vertus sociales, telles que la bonté, la foi, l'honneur, la bonne-opinion des Autres, la candeur. Cette piété naturelle & vraie, est ce qu'il faut à une Famille de Village, pour être honorée, considérée, en-un-mot pour être heureuse avec des Gens bonaces, & qui, si quelquefois ils sont impies, n'ont pas assés de lumières pour l'être par principes. Mais à la Ville, c'est tout autre-chose! votre piété, telle qu'elle existe dans la maison paternelle, ne serait qu'un ridicule. En-effet, la piété est ici bien différente de la vraie piété, elle participe du parti que suivent les Dévots, dont voici le caractère général: Ils méprisent tout le monde, parce-qu'ils croient les autres Hommes capables de tous les vices; ils sont défians par cette raison, & d'un orgueil insupportable: comme ils n'ont qu'un seul frein, la religion, qu'ils ne connaissent ni l'honneur, ni la réciprocité, ni l'intérêt patriotiq (ils y substituent celui de leur secte), ils s'imaginent que dès qu'on n'a pas leur frein, on n'en-a plus: ils n'ont pas d'idée d'une vertu philosophique; ils méprisent même dédaigneusement cette sorte de vertu: ce qui leur est commun avec Ceux qui n'étant pas dévots, comme les *F***, les *S****, & d'autres Mauvais-sujets de cette espèce, ont pris le langaje de la devotion par intérêt, par fourberie, par bassesse, & calomnient la philosophie, pour enimposer aux Chèfs d'une Clique. Persuadés, que tout ce qui les entoure, n'est que tison d'enfer, les Dévots sont sans pitié: ils brûleraient, poignarderaient Quiconque ne pense pas comme eux, si la sagesse des lois civiles ne les en-empêchait; à leurs ieux, ce ne serait avancer que de quelques années les supplices de l'enfer aux Réprouvés, qui ne sont pas leur prochain. Voila pour les Dévots en-général.

Ils se subdivisent ensuite en deux sectes: les *Rigoristes* & les *Relâchés*. Les Premiers fesant Dieu atroce comme eux, pensent qu'il ne se plaît que dans les larmes, les gémissemens & les souffrances de ses Enfans: Partisans d'un fatalisme, contradictoire dans leurs idées, ils nient la liberté de nos actions, & par-conséquent leur moralité; ils assurent que nous ne pouvons rien de bien par nous-mêmes; & ils n'en-précipitent pas moins au fond de l'enfer les malheureus Humains, pour une infinité de crimes imaginaires. Ceux-ci sont les plus-orgueilleus des Dévots: ils se guindent à une perfection ridicule, & de-là ils insultent au reste des Hommes qui valent mieux qu'eux: Dès qu'on rit, dès qu'on danſe, dès qu'on ſ'amuse, ſoit au ſpectacle, ſoit à la promenade, ſoit à table, ou à quelqu'autre jouiſſance, ils vous damnent: Un d'entr'eux, appelé *Nicole*, reſpirait avec délices l'odeur des latrines & des voieries, pour mortifier ſa chair par le ſens de l'odorat: quelle folie!

Les *Rélâchés* ſont plus humains: mais ils ne prennent que l'écorce de la religion; ils en-font une vraie momerie; ils ne veulent que des ſignes extérieurs, & dureſte, ils ſe livrent à tous leurs panchans, comme ſ'ils n'avaient auqu'un frein: ſelon eux, une ſalutation, en-paſſant devant l'image de la Vierge, efface tous les péchés, &c.[a] Il en-eſt cependant, parmi ces Derniers, qui ont une piété délicieuse, inconnue des Sots; elle conſiſte à trouver ſon bonheur dans les pratiques extérieures de la Religion, qui donnent le contentement du cœur, & la parfaite quiétude de l'âme: quand ces Dévots-là ont été à la meſſe, qu'ils ont récité leurs prières, fait quelques aumônes, vous les voyez satisfaits & radieus ; ils mangent avec plaisir & sans scrupule les mêts les plus-délicats ; ils ne méprisent que faiblement le reste du Genre-humain ; ils sont compâtissans, &c.[a] Il est dans cette clâsse d'Heureus, par la religion, différens dégrés : J'en-ai connu qui jouissaient d'une béatitude complette, ou à-peu-près : C'étaient de Bonnes-âmes, qui attachaient à leurs pratiques une importance d'autant plus-grande, qu'ils étaient persuadés que Dieu les voyait, les écoutait avec plaisir, & fesait grâce, en-leur faveur, à une infinité de miserables Pécheurs sans dévotion : ce commerce intime avec l'Être-suprême les ravissait : Ils le croyaient souverainement bon, & ne songeaient à lui qu'avec des transports d'amour. Desorte qu'on voit dans ces deux sectes une grande inconséquence ! le Rigoriste, pour achever d'être absurde, se fait un Dieu cruel, qu'il force ses Partisans d'aimer par-dessus toutes-choses, sous peine de l'enfer; tandis que le Relâché, qui a la piété véritable, tout en-soutenant que cet amour n'est pas absolument nécessaire (parce-qu'en-effet il est impossible à tous les Hommes de le ressentir) est néanmoins le seul qui aime Dieu.

D'après cette exposition vraie, belle Ursule, vous voyez le parti qui vous reste à prendre. Soyez Femme-du-monde, & n'embrassez auqu'une secte, à-moins que vous ne soyiez susceptible d'être de celle des heureus Dévots, qui aiment un Dieu indulgent. C'est la seule idée de l'Être-suprême qu'il est à-propos de conserver. J'aurais peut-être bien-fait de n'en-pas dire davantage à Edmond: Car votre Frère est un grand-enfant, comme je crois le lui avoir marqué: ce qui ne signifie pas qu'il manque d'esprit; mais il sent trop-vivement, & même trop-puérilement; c'est-à-dire, qu'il se laisse mollement entraîner, comme les Enfans, à tout

tout ce qui l'affecte : je ne le trouve tenace, que dans son goût pour la belle Prude, que j'aime & révère autant que si elle ne l'était pas. Cela fait deux singuliers Êtres, que le sort a là rassemblés ! Il faut avouer qu'ils sont bien-faits pour se tourmenter ! L'Une a beaucoup de vertu, & encore plûs d'amour : L'Autre a les passions fougueuses, mais l'âme faible ; il ne peut que violer, ou langoureusement soupirer aux piéds de sa Belle : il a d'ailleurs des idées à lui ; par-exemple, la manie de la paternité le possède (1) : il a manqué sa vocation ; le sort aurait dû le faire naître *Commandeur des Croyans* ; il aurait eu de quoi se satisfaire avec un nombreus Serrail, & il aurait donné de l'ouvrage à son

(1) C'est une belle manie que celle-là ! elle est fondée sur la nature : les Enfans sont d'autres nous-mêmes & nous immortalisent : Nous vivons en-eux : les anciens Heros tuaient les Enfans avec les Pères, pour anéantir leurs Ennemis tout-entiers. [*L'Éditeur.*

Successeur, s'il avait falu faire-étrangler Tout-cela. Aureste, cette manie est peut-être la plus-noble ; & si j'en-ris, c'est qu'il faut rire de tout. La belle Prude va le servir à son goût : Et il faut avouer qu'avoir un Enfant de cette *Vertu-cardinale* (passez-moi l'expression), est un ragoût auquel Persone ne serait indifférent. Je sens cela : je vois combien il sera glorieus pour Edmond d'avoir à lui un petit Être qui lui sera commun avec elle : c'est un lien bien-fort que celui-là !... C'est aussi, MADEMOISELLE, ce qui doit vous déterminer à nous laisser employer tous nos efforts, pour vous faire marquise. Qu'importe que le Marquis vous plaise ou non? C'est son titre que vous épouserez, & le Père de votre Enfant que vous lierez à vous. Soyez-sûre que votre Fils (si c'en-est un) vous rendra le Marquis supportable, le haïssiez-vous à la rage : c'est une expérience que toutes les Femmes ont faites. Ces Héros de l'ancienne Grèce, qui violaient les Filles, tuaient leurs Pères, la plupart du temps, pour les avoir, en-étaient d'abord abhorrés: mais les avaient-ils rendues mères, ils en-étaient chéris. Ainsi, que le plûs ou le moins de goût ne vous arrête pas. Aureste, le Marquis n'est pas votre unique ressource: vous en-aurez mille dans ce pays-ci; & je vous aimerais autant *Ninon*, que marquise, sans vos Parens & votre Frère (1). Une-autre chose, que j'ai grande envie de vous dire depuis long-temps, & que la gêne qu'on met à nos entretiens m'a encore empêché de pouvoir vous communiquer; c'est qu'il faut vous lier, Edmond & vous, de-manière, que l'Un porte l'Autre à la fortune; & le moyen le plus-simple pour cela, c'est d'agir, lui, comme s'il n'avait en-vue que votre avantage; & vous, que le sien.

(1) C'est bien ce qu'il veut: mais il n'osait pas le dire du premier-coup.

Dans tout ce que vous ferez, il faudra toujours vous dire : *Qu'en-resultera-t-il pour mon Frère?* Je vous prédis qu'il n'y a pas de meilleur moyen de faire votre chemin l'Un & l'Autre, & de vous rendre-heureus à-jamais : en-pensant à votre Frère, vous ferez-mieux vos affaires, qu'en-ne pensant qu'à vous-seule : & Lui, en-sacrifiant tout pour vous mettre dans une situation brillante (1), travaillera plus-efficacement pour lui-même que s'il vous oubliait. Que des-ormais ce soit-là votre pierre-de-touche, à chaque-fois que vous aurez un parti à prendre... C'est ce qui fait que je ne pense point-du-tout au Conseiller, qui ne peut que vous enterrer à Au**, & vous ôter au monde, pour lequel vous êtes faite (2).

(1) Pourquoi la mettre dans une situation brillante? Jamais, jamais les élévations & les fortunes subites ne se sont faites avec un cœur ou des mains pures!

(2) Au monde! à Sathan! il parle clair enfin! mais il sait à qui il parle,

J'entrevois sous le petit air malade, que vous avez à-présent, qu'après votre *liberté*, vous serez plus-brillante que jamais: Rassurez-vous sur la perte que vous avez faite; votre *fleur* renaîtra de sa cendre, & vous alez avoir une saison, où vous serez plus-agréable Demi-femme que Fille. Vous pouvez en-avoir fait l'observation, sur les Femmes & les Filles de ce pays-ci: quant à moi, je me suis plu très-souvent à la faire sur les Nouvelles-mariées: Filles, c'étaient de belles fleurs; mais un-peu âpres, & trop-vives en-couleur: Femmes, elles joignaient à leurs attraits quelque-chose d'un-peu fatigué, mais si délicieus, qu'elles inspiraient dix-fois plûs de volupté que dans leur première fraîcheur. C'est par cette raison, que dans ce pays-ci, où les Bons-gourmets en-plaisir, s'entendent bient-autrement à ce qui leur convient, que par-tout ailleurs, une Belle n'en-est que plus-recherchée, quand elle eſt Femme : il ne faut pas croire qu'il y ait-là une perverſité morale, & un eſpoir de plaisirs plus-faciles, à-l'abri des conſéquences ; cela y entre bien pour quelque-chose ; mais le physiq eſt une cause plus-puiſſante & toujours durable (1). En-effet, la Femme a quelque-chose de mol & de voluptueus, dans ſa démarche, dans ſes manières, qui lui vient de la connaiſſance du plaisir & de l'habitude de le goûter, que n'a pas la Fille, ou que Celle-ci, lorſqu'elle ſ'eſt furtivement échappée, n'a goûté que très-imparfaitement : aulieu que la Femme ſ'abandonne à cet air qu'elle ſe doute qu'elle a ; parce-qu'elle ſe croit, avec raison, diſpenſée de la prude reserve des Filles. C'eſt à prendre cet air que je vous invite, après votre *liberté :* comme le Marquis

(1) Juſtifie tous les desordres, Miserable ! tu réüſſiras mieux par-là, tu le ſais trop, que ſi tu disais : —Faites mal-! car le mal eſt toujours hideus.

a eu la bonté de se comporter de-manière avec vous, que vous n'avez auqu'un tort, vous ne risquez rien de sentir un-peu la Femme; & si l'on approfondissait, qu'on découvrît, eh-bien, qu'en-serait-il? Je crois qu'il n'y a rien de si glorieus pour une Femme, ni qui la rende si intéressante, qui excite davantage les desirs que sa beauté fait naître, que d'avoir été .... ce que vous avez été par le Marquis. Le Violeur est odieus: mais la Violée est toujours intéressante. Il lui reste une sorte de virginité, que les Hommes ne trouvent pas moins-délicieuse à moissonner que l'autre; celle du consentement du cœur. Et ils ont raison. Vous n'en-seriez donc que plus-excitante, & peut-être même plus-mariable. Mais ne portons pas encore nos vues jusques-là. Les circonstances nous détermineront. En-attendant, soyez sûre, que plûs vous acquerrez de légèreté, de ce ton absolument opposé à la bonhommie de votre

Famille, ſi peu-faite pour la figure noblement voluptueuse qui m'y paraît héréditaire, & plus-facilement vous ſubjuguerez, & le Marquis, & Tous-ceux que vous aurez intérêt de ſubjuguer. J'ai décidé que nous ferions enſemble un petit cours de philoſophie-morale : vous m'entendrez mieux que votre Frère, & c'eſt par vous que je veux aler à lui (1).

Mais c'en-eſt aſſés pour votre ſituation : après votre *liberté*, nous traiterons plus-amplement les matières qui ſ'offrent à mon eſprit.

Je ſuis, Mademoiselle,

Votre tout dévoué.

(1) Bondieu ! en-quelles mains voila ma pauvre Sœur!... En-effet, les Séducteurs de toute éſpèce, trouvent toujours mieux leur compte auprès des Femmes, qu'auprès des Hommes : les Premières ſont plus aisées à perſuader & à rendre folles.

LII.me
4 juin.

Réponse.

[La voila qu'elle prend aussi Gaudét pour guide, l'Infortunée !]

S'IL y a chés moi de la partialité, chèr *Mentor* (comme vous nomme mon Frère), c'est apparemment en-votre faveur qu'elle sera. Trop convaincue de vos bonnes-intentions, pour Edmond & pour moi, je ne puis que bien-interprêter tout ce que vous me direz. Ainsi, quoiqu'il se trouve dans votre Lettre des choses qui m'étonnent un-peu, cependant d'après l'idée si-bien fondée que j'ai prise de vous, je vous soumets ma raison, comme étant le plus-éclairé. Je présume d'ailleurs, comme vous l'avez dit dans une-autre occasion, que vous proportionnez les instructions que vous avez à donner, aux Persones & aux circonstances où elles se trouvent. En-effet, ce qui est bon à l'Une, serait souvent nuisible à l'Autre, & c'est mal l'entendre que de donner à Toutes les mêmes lumieres. Voila mes dispositions à votre sujet : elles doivent vous mettre à-l'aise, pour tout ce que vous avez à m'écrire desormais. De mon côté, je ne manquerai pas de vous consulter en-tout.

D'abord, il est certain que j'ai grande envie d'épouser le Marquis. Je ne crois pas que vous ayiez été la dupe de mes dédains (1). Mais je sens qu'il faut, pour que cet Homme ne me méprise pas, après le mariage, me faire beaucoup prier : c'est à vous à travailler de-façon qu'il me prie beaucoup. Je feindrai de préférer le Conseiller, dont au-fond, je ne me soucie plus, & dont je ne saurais me soucier, puisqu'en-m'épousant, il semblerait qu'il m'aurait fait une double grâce. Par vos soins (& c'est un éternel sujet de reconnaissance), je ne crois pas

(1) Voyez ces difficultés dans le PAYSAN, *T. II*, *pp*. 246—247—251—253—257.

me voir jamais obligée d'en-recevoir d'auqu'un Homme. Mais pour être ſûre du ſecret de ma conduite, il faut tromper mon Frère lui-même au-ſujet de mes vraies diſpositions. Je veux être agréée de la Famille du Marquis, priée par elle: L'idée que vous m'avez donnée de mon mérite, me fait croire que j'en-vaux la peine; ou je reſterai Fille.

Je goûte fort cette aſſociation d'intérêts que vous me proposez avec mon Frère, & je vous la laiſſerai entièrement diriger. Parmi les principes qu'on m'a donnés chés nous, & que vous paraiſſez regarder avec une ſorte de mépris, il en-eſt un cependant, qui câdre avec les vues que vous avez pour mon Frère: On y inculque aux Filles, que tant qu'elles ne ſont pas mariées, elles doivent ſe sacrifier pour leurs Frères, qui ſeuls perpétueront le nom qu'elles portent. Vous me permettrez aumoins de conſerver ce principe là?

Quant à vos Lettres de controverſe, ſi vous avez cru m'amuser par-là ; non : tout-cela me paraît des idées-creuses, excellentes pour occuper des imaginations trop-ſenſibles, comme celle de m.me Parangon : mais pour moi, il me faut quelque-chose de plus-matériel dans mes amusemens. Je vous parle à-cœur-ouvert, ſachant combien vous me voulez de bien, par celui que vous m'avez déja procuré. Cette Réponſe ne ſ'eſt pas fait-attendre : ma promptitude vous prouve le cas que je fais de tout ce qui vient de votre part, la controverſe exceptée.

Je vous ſalue.

LIII.ME

25 juin.

La Même, à LAURE.

[Origine de la corruption d'Ursule : Et voila comme le premier mariage de mon pauvre Frère fut aussi la perte de ma Sœur !]

JE touche au terme craint & desiré. La Belle-dame vient de *mettre-au-jour* une Fille, jolie, jolie, ... il faut la voir ! Elle en-est folle. Je crois que je ferai de-même, & pour ma satisfaction, je voudrais une Fille ; pour mon ambition, un Fils. La Sagefemme de m.me Parangon dit que j'aurai un Fils. Je la prendrai plutôt qu'un Accoucheur ; car je pense comme la Belle-dame, qu'il faut avoir de la pudeur jusque dans ce moment-là. Passons à une autre-chose. Je voudrais bien savoir quelle est ta politique avec tous les Hommes ? Je tiens la mienne de ma feue Bellesœur Manon, qui qui m'a très-bien endoctrinée pendant le peu de temps que j'ai vécu avec elle. Son principe était qu'il faut ſi rarement leur dire la vérité, qu'on pourrait employer *jamais*, aulieu de *rarement*; car il n'arrive preſque jamais qu'elle nous ſoit avantageuse: qu'il faut les tromper pour leur bien autant que pour le nôtre; leur montrer toutes les vertus qu'il nous ſouhaitent; & ſi nous ne pouvons les avoir, en-prendre le maſque. Je commence à mettre ces maximes aſſés bien en-usage. Je trompe Edmond, ſur mes diſpositions: je trompe le Marquis; je trompe le Conſeiller: aide-moi un-peu à tromper m.r Gaudét, en-me fesant confidence des moyens que tu emploies? Tu me demanderas, Qui m'a rendue ſi fine? Mon ſexe & les exemples que j'ai devant les ieux. Il n'eſt pas juſqu'à ma Belleſœur Fanchon, qui ne trompe un-peu ſon Mari; car je ſuis bien-ſûre qu'elle ne lui montre pas toutes les Lettres qu'elle reçoit de moi, &

qu'elle va chercher elle-même à V***. La Belle-dame ne trompe-t-elle pas le sien? Et Manon! comme elle trompait ce pauvre Frère, si vif, si emporté, pour des torts qui ne le touchent pas d'aussi-près! Reste toi, Cousine: comment trompes-tu? Les lumières que tu me donneras me seront très-utiles! M.r Gaudét me veut former: je me trouve bien comme je suis: mais je serais charmée de lui laisser la gloriole de croire qu'il m'a formée. Aide-moi donc à lui donner cette satisfaction, je t'en-prie! Cependant, depeur que tes confidences ne soient perdues, attens que mon triste jour soit passé! Entre-nous, je le redoute un-peu! mourir avant vingt ans, parce-qu'il a plû à un Ostrogoth de satisfaire la passion que nous lui avons inspirée, c'est un-peu dommage! Je ferai mon possible pour échapper. Tu étais plus-jeune, & te voila.

Je t'embrasse, ma Pouponne, & t'aime de tout mon cœur.

LIV.me

16 juin.

Réponse.

[Tricherie ! car cette Lettre fut dictée en-partie par Gaudét, plus-fin que cette pauvre Fine ! Portrait de Gaudét.]

On dit que je suis fine ; mais tu me *dames-le-pion*, mon aimable Cousine ! Je suis pourtant charmée que tu m'aies écris comme tu l'as fait ; cela me met à-l'aise, & je vais te parler à-cœur-ouvert. Je suis de ton avis ; & tu penses très-juste, quand tu supposes que je trompe m.r Gaudét, & que je le mène. Il faut te faire son portrait : Il est de lui ; car il se connaît ; mais j'y mettrai du mien quelques traits, que j'écrirai différemment ; remarque-les. Il est pour l'esprit comme pour la figure ; tu as vu dans ses traits, qui sont tous grâcieus, quelque-chose de dur, dont on ne peut se rendre-raison : *quoique très-bien-fait, il se ramasse quelquefois en-peloton, dans son fauteuil,*

teuil, & alors il a l'air d'un Ours : Son caractère est l'enjoûment, l'aimable gaîté : mais au-milieu des saillies de sa belle-humeur, il lui échappe *ou une expression dure, ou* une ironie sanglante : Il est bon, & il est fin ; deux qualités presqu'incompatibles. Il est bon-ami ; *mais quelquefois sa conduite a toutes les apparences de la perfidie ;* il trahit pour servir ; & semblable à ces Somnambules qui marchent en-sûreté sur le haut d'un toît, tant qu'on ne les éveille pas, il vous sert en-effet, *si vous ne vous apercevez pas de sa trahison ;* mais si vous le remarquez, & que vous le troubliez, tout est perdu, *& la perfidie a son effet naturel :* Il n'est pas vindicatif, à-moins que ce ne soit pour venger un Ami, une Amie, & que cette vengeance ne leur soit réellement utile : *alors, il a l'air du plus-atroce des Hommes, & il se comporte de-même ;* car comme il est sans préjugés, rien ne peut l'arrêter, que la raison, dont il écoute toujours la voix : Voila l'Homme. Conduis-toi avec lui en-conséquence de ce portrait, le plus-vrai qui fut jamais. Quant à moi, voici ma manière à son égard.

Je ne joûte pas avec lui de finesse ; il s'en-apercevrait, & je serais sa dupe, comme bien-d'Autres : mais je lui dis clairement ce que je ne veux pas, ou ce que je veux : je le dis fermement. Ordinairement il cède au premier mot, & se conforme à mes volontés, comme à ces évènemens qui partent de Causes-supérieures, & qu'on ne saurait empêcher. Quelquefois, mais rarement, il forme des objections. Si je l'écoute, il me subjugue : mais si je l'arrête dès le premier mot, en-répétant, *je le veux*, il me répond, :: Cette raison-là vaut mieux que toutes les miennes, & cela sera.... Malgré ta finesse, Cousine, je te conseille d'employer ma recette : c'est un conseil d'Amie. Ce qui rend cette conduite ſans inconvéniens avec m.r Gaudét, c'eſt qu'il ne connaît rien d'illicite, que ce qui eſt contraire à l'avantage de la Perſone qu'il ſert: mais auſſi, comme il eſt fort-éclairé, ſouvent on le croirait ſcrupuleus: Il faut alors l'écouter, & on a la ſatiſfaction d'être convaincu; on eſt forcé de l'approuver, de vouloir & de penſer comme lui. D'après cela, tu vois ſ'il a beaucoup de peine à conduire Edmond! Cent-fois moins que toi & moi (1). Ainſi, ma Chère, que ce caractère décidé ne t'effraie pas: c'eſt un Guide ſûr, que Celui qui ne bronche jamais, & qui, ſ'il tombe quelquefois, ne le fait, qu'en-vous diſant, —Vous voulez que je tombe & tomber avec moi; je vais le faire pour vous complaire;

(1) Il faut encore ici prévenir le Lecteur, que Laure, ou plutôt Gaudét, trompe Urſule: c'eſt le contraire: qu'étaient-ce que des fineſſes de Fillettes pour Gaudét! Edmond était dix-fois plus-difficile à conduire. [L'Editeur.

prenons-garde à nous faire-mal! vous m'avertirez quand vous voudrez vous relever, & marcher plus-fermement-. Adieu, chère Cousine. Je te souhaite bien audelà du *triste jour* (comme tu le nommes); qui ne sera cependant pas si triste; car il fera naître dans ton cœur la joie du danger passé, celle d'avoir un Fils, & l'espoir d'un heureus mariage.

FIN de la III.me Partie.

LA PAYSANE PERVERTIE,

OU

LES DANGERS DE LA VILLE.

AVEC FIGURES.

Quatrième Partie.

FRONTISPICE de la IV.me Partie.

URSULE ACCOUCHÉE.

Elle est au lit: Laure prend son Fils, qu'elle avait à-côté d'elle, & le présente à Edmond, qui vient s'informer du sexe de l'Enfant:

» C'est ün Fils » !

Le passage *est à la page* 184.

LA PAYSANNE
PERVERTIE

LA PAYSANE PERVERTIE, OU LES DANGERS DE LA VILLE;

*HISTOIRE d'URSULE R**, mise-au-jour d'après les véritables LETTRES des Personages.*

Quatrième Partie.

CINQUANTE-CINQ.me LETTRE.

LAURE, à GAUDÉT.

[Ursule a un Fils.]

10 juin.

C'EST un Fils. Elle est aussi-bien qu'on peut l'être: je la garde, puiſque l'abſence de la belle Dame me laiſſe une liberté entière. Edmond eſt venu. Je lui ai montré ſon Neveu *, en-lui disant, —C'eſt un Fils-? Il a paru tranſporté de joie. Envérité, j'en-ai ri. Mais au-fond, il a raison. Le Marquis ſ'eſt préſenté trois-fois à la porte: elle a refusé de le voir. Elle en-a envie, cependant, depuis que c'eſt un Fils. Elle veut le nourrir. Je m'y oppose. Il faut ici le poids de votre autorité. J'ai fait-prendre les précautions pour cacher ce que vous appelez, la *valeur* d'une Nègreſſe, la gloire d'une Sauvage, & la honte d'une jolie Européane: Nous avions là trois Agneaux tout-prêts, qui ont été inhumainement excoriés: je n'aurais pas été capable d'y conſentir; mais le ſoin de notre beauté nous rend cruelles.

* Sujet de la XV.me Eſtampe, qui ſert de frontiſpice à la IV.me Partie.

Je finis par ce mot, qui porte ſentence.

LVI.me

LVI.me

même jour.

GAUDÉT, à la cruelle LAURE.

[Adreſſe du Méchant Gaudét, pour empêcher Urſule d'alaiter.]

MILLE complimens à l'aimable Cousine : ma joie égale la ſienne & celle du Marquis, que je viens de voir avec Edmond. On ne peut les faire-taire ; ils parlent enſemble ; ils ſe coupent la parole ; n'y font auqu'une attention, & quand vous leur répondez à une queſtion importante, ils vous en-font une frivole. C'eſt tout ce que je puis en-dire à-présent à l'heureuse Perſone. Quant à vous, *cruelle* Laure, j'ai à vous gronder. Nourrir ſon Fils eſt le devoir d'une Mère, & ce ſentiment ſi naturel, ſi légitime devait naître dans le cœur de la méritante Perſone auprès de laquelle vous êtes. Voila ce que je penſe. La jeune & charmante Maman a dû vouloir ce qu'elle veut. Reſte à ſavoir, ſi nous devons nous y opposer. Je trouve que vous avez décidé la queſtion un-peu-vîte, Mademoiselle Laure, & comme une véritable Étourdie. Je voudrais être-là pour vous en-demander les raisons. Je ſuis ſûre que vous n'en-donneriez que de frivoles comme vous-même: la conſervation de quelques attraits; la gêne, oh! ſur-tout la gêne, la privation des plaisirs. Mais la jeune Maman ne conſentira jamais à perdre-de-vue l'Objet de ſa tendreſſe: elle a d'ailleurs ſous les ieux un trop-bel exemple pour ne pas l'imiter en-tout: ſon Amie, ſa Déeſſe, la Belle-dame fait nourrir ſa Fille ſous ſes ieux; elle lui rend tous les ſoins de mère, à-l'exception de celui de l'alaiter; parce-que l'alaitement laiſſe certaines traces, que certaines Perſones, comme la Belle-dame & l'aimable Maman ont des raisons de ne pas conſerver ſur elles. Voila, charmante Étourdie, ce qu'il falait dire à la petite

Maman, & non pas ce que vous avez dit sans-doute. Le parti que la Belle-dame a pris, est le seul à prendre, voila mon avis, & je fais chercher à-présent ce qu'il nous faut. C'est une Fille que j'ai vue un de ces jours, de l'âge de la petite Maman, assés jolie, douce, qui n'a eu qu'une faiblesse, & par inclination. Je vous l'enverrai tantôt. Elle restera dans la maison, & outre qu'on fera ainsi tout ce qu'on doit, on aura de-plûs le mérite d'une très-belle charité envers cette pauvre Fille.

P.-s. *Sur un papier séparé.* Tu vois, ma Belle, comme il faut s'y prendre, pour amener ces Petites-persones à ce qu'on veut. Gaje que ma Lettre a produit son effet ? Tu m'en-diras des nouvelles.

LVII.me

1 juillet.

M.me PARANGON, à URSULE.

[Elle lui donne de véritablement bons conseils.]

MA très-chère Amie : J'apprens avec une joie inexprimable, que la terrible crise est passée : c'est à l'amitié la plus-tendre & la plus vive à t'en-féliciter. Mais, chère Amie, c'est de ta conduite actuelle que va dépendre tout le reste de ta vie. Je ne te porterai certainement pas à l'ambition ; on peut être heureuse sans être marquise : mais tu as un Fils ; il t'impose deux devoirs principaux, essenciels tous-deux : le premier de lui donner le lait de sa Mère ; le second, de légitimer sa naissance. Grâces au Ciel, tu n'as rien à te reprocher, & ta singulière position est toute à ton avantage : mais quel présent que la vie, si tu ne donnes pas à ton Fils une place parmi les

Citoyens? Si par ta faute, il descend audessous du rang de son Père, audessous même du tien! Il faut ici de la vertu & quelqu'adresse, ma chère Fille: ne t'en-fie pas uniquement à ta beauté; emploie tous les moyens légitimes de captiver non-seulement le Marquis, mais de gâgner encore l'estime de sa Famille. Le premier de tous ces moyens, c'est de nourrir ton Fils, de ne vivre, de ne respirer que pour lui; de le tenir d'une façon qui le rende aimable, & qui enchante une Famille orgueilleuse & puissante. Tu seras mille-fois plus intéressante aux ieux du Marquis lui-même, ton Fils sur ton sein, qu'avec la plus-brillante parure. Ce n'est pas que je te conseille de te négliger de ce côté-là; au-contraire, il faut que la propreté de ta Persone soit plus recherchée que jamais. Je sais que c'est une recommandation inutile avec toi. J'espère te pouvoir rendre une visite demain. Ma chère

Urſule, ſi tu répons à mes vues, nous alons être plus-unies que jamais. Il faut rappeler Fanchette de ſon Couvent: nous n'avons plus de raisons de la tenir éloignée de nous, & peut-être ſera-t-il plus-ſûr, vu la prudence de cette chère Enfant, de lui faire nos confidences; non pas entières pour moi; cela n'eſt pas néceſſaire, mais pour tout ce qui peut lui être dit. Adieu, ma plus chère Amie.

P.-ſ. C'eſt au mariage que tu dois tendre. J'inſiſterais davantage encore; mais je crois que c'eſt le vœu général, & que Perſone n'a ici des vues en-deſſous.

LVIII.me

15 juillét.

URSULE, à LAURE.

[Elle desire d'epouser le Marquis, & se plaint de ce que Gaudét s'y oppose.]

QUOIQUE vous en-disiez, les raisons de m.me Parangon valaient mieux que les vôtres; je le sens à n'en-pouvoir douter. Cependant elle s'y est rendue, & au-moyen de ce que la Nourrice demeurera ici, je puis me donner les mêmes avantages, que si je nourrissais mon Fils. Le Marquis m'impatiente, Edmond aussi; je les brusque tous-deux. Il n'y a qu'une chose à me dire, aulieu de fadeurs; un ban à l'église, & un contrat chés le Notaire. Je vis le Marquis avec plaisir, au-retour du batême; & envérité, s'il avait eu de l'esprit, c'était le moment de me parler mariage: Il n'en-dit pas un mot. Aussi dut-il s'apercevoir de ma froideur, lorsqu'il nous quitta. Je souhaiterais que m.[r] Gaudét voulût me servir un-peu à ma manière, plutôt qu'à la sienne. Je ne suis pas contente de notre dernier entretien : Je te prie de lui dire cela sérieusement. Ce qu'il me propose est trop-éloigné de ma façon-de-penser & de mon caractère ; il a falu tout ce que je lui dois de considération, pour m'empêcher de lui répondre durement. J'ai resolu de feindre d'aimer le Conseiller, pour exciter la jalousie du Marquis. Ce mariage tant offert, il n'en-est plus question ! Cela me pique. C'est le moment, à ma première sortie, & je ne devrais quitter ma chambre, que pour aler à l'autel. Voila ce que je veux : dis-le à m.[r] Gaudét.

P.-s. Il m'a fait entendre qu'il avait eu part à mon enlèvement : si je n'épouse pas, quel était donc son but ?

LIX.me

16 juillet.

Réponse.

[Laure, de-concert avec Gaudét, lui conseille une finesse dangereuse.]

TU as raison, chère Cousine, & je viens de le dire à l'Homme dont tu te plains à juste-titre. Ses réponses sont pitoyables! Toujours ce qui est plus-utile à ton Frère! Envérité! les Hommes croient que nous ne devons exister que pour eux! Voici mon avis, à moi: Je rebuterais le Marquis, au-point qu'il faudrait qu'il s'expliquât; & lorsqu'il aurait parlé-net, je ferais la dédaigneuse; j'irais jusqu'à lui dire, à dire à ses Parens, s'ils me proposaient sa main, que j'ai de la repugnance pour lui. Je vois à cela de grands avantages! la Famille te pressera; elle t'honorera; le Marquis se croira trop-heureus que tu le prennes par-complaisance, & comme tous ces Gens-là n'estiment les Femmes qu'à-proportion des difficultés, tu te trouveras considérée, chérie, après ton mariage. Essaie de cette recette. Quant aux conseils, ceux à suivre ne sont ni ceux de m.[r] Gaudét, ni ceux de la Belle-dame, dumoins en tout, mais les miens. Je t'embrasse.

Ne crains pas que ce mariage puisse manquer! ton Fils le rend infaillible.

LX.me

25 juillet.

URSULE, à M.me PARANGON.

[Comment elle refuse le Marquis, en-voulant accepter; Gaudét ne lui fesant-faire les propositions, que lorsqu'il sait qu'elles seront sans effet.]

ENFIN, il est question de mariage, ma chère Madame, & vous voyez que les conseils de Laure ne sont pas si mauvais! car je les ai suivis à-la-lettre. J'ai eu la plus-belle occasion du monde hièr de faire la fière, la dédaigneuse, & je ne l'ai pas laissée échapper: La Mère du Marquis m'est venue rendre-visite. Elle m'a laissé entrevoir, qu'on avait un établissement en-vue pour le Marquis, & qu'on craignait que je n'y apportasse obstacle. Je me suis trouvée piquée de cette ouverture, & j'ai été charmée que les conseils de Laure vînssent à-l'appui de ma vanité blessée. —Non, MADAME, ai-je répondu, je n'apporterai pas d'obstacles à à vos vues: ma ſituation eſt très-affligeante! m.[r] votre Fils ne m'inſpire abſolument rien du-tout, & ſa violence a été auſſi cruelle qu'elle le pouvait être, puiſque rien ne l'a certainement adoucie. Je vous dirai plûs; il eſt un autre Homme, vertueus, modeſte, ſans torts à mon égard, qui m'aimait à mon inſu avant mon malheur; qui depuis, n'a pas changé: c'eſt à cet Honnête-homme que mon cœur ſe donnerait, ſ'il pouvait ſe donner. Voila, Madame, la vérité nue; je vous parle comme je ferais à ma Mère elle-même-. La Comteſſe a aggravé la peine que je reſſentais, en-me careſſant; j'ai vu que ma réponſe lui fesait-plaisir. Elle a demandé mon Fils: *Marie* l'a apporté. La Comteſſe a paru charmée de ſa figure & de ſes petites grâces enfantines; elle l'a careſſé fort-longtemps. J'attendais qu'elle alait changer de langaje avec moi. Point-du-tout! Elle m'a demandé l'Enfant. J'ai repondu, Que j'aimais trop mon Fils pour m'en-priver : (Elle aurait dû entendre ce que cela voulait dire : mais voyant qu'elle ne me comprenait pas, j'ai ajouté :) Je le veux élever enfant, MADAME : mais je serais charmée que la Famille de son Père lui conservât cette bonne-volonté, pour quand il sera prêt d'entrer dans le monde : Je le remettrais alors très-volontiers, soit à son Père, soit à vous, MADAME ; après avoir fait naître & nourri dans son cœur les tendres sentimens qu'une absence entière empêcherait d'y germer pour Celle qui l'a mis au monde. Car je renoncerais plutôt à tout espoir de bonheur, qu'aux sentimens naturels que me devra cette Créature innocente. Et ne croyez cependant pas, MADAME, que je me les approprie seule ; sans aimer m.r le Marquis, je connais ses droits ; il peut être sûr que je pénétrerai son Fils du respect légitime & de la piété filiale dus à un Père. Après un langaje ſi clair, & qui marquait ſi-bien mes diſpositions, je m'attendais que la Comteſſe alait aumoins les louer; ou que peut-être même, touchée de la façon-de-penſer de la Mère, & de la beauté du Fils (car il eſt charmant), elle alait me parler de mariage: mais aucontraire, elle ſ'eſt rendue, comme ſi mon but avait été qu'elle ſe rendît à mon refus (1).

Je ſuis au-deseſpoir que votre indiſposition ne vous ait pas permis de vous trouver-là; je ſuis ſûre que vous auriez éclairé cette Mère, & que vous l'auriez amenée où je la veux. Marquez-moi, ſ'il n'y a rien dans ma conduite qui vous déplaise, ou qui ne tende pas au but que je me propose, dans ma position présente. Le Marquis reparle de mariage très-ardemment, c'eſt un point de gâgné. Mais moi, dois-je ſupplier la Mère de cet

(1) Voyez au ſujet du Fils d'Urſule, les Lettres CIX, CX & CXI du PAYSAN, *T. II, pp.* 246—251—257.

Homme de me faire épouser ſon Fils ? Je ne le crois pas. J'attendrai encore quelque-temps. Il faut que je ſois preſſée : c'eſt ce que je dis à Edmond, & il me ſeconde aſſés bien de ce côté-là. Je ſais, malgré ma jeuneſſe, qu'une Femme de mon état riſque le tout pour le tout, en-épouſant un Jeune-ſeigneur.

Je vous ſouhaite un prompt rétabliſſement, & ſur-tout la tranquilité d'eſprit. Ni vous, ni moi ne pouvons commander aux évènemens, & notre volonté, qui n'y a pas eu de part, pourrait ſeule nous rendre coupable : mais dans ce cas-là même, faudrait-il nous deseſpérer ? Nous n'avions qu'une raiſon d'être attachées à la vie ; la voila doublée ; conſervons-la.

LXI.me

26 juillet.

GAUDÉT, au COMTE DE-***, Père du Marquis.

[Adresse mondaine & ruse du Corrupteur, pour servir le Frère aux-depens de la Sœur, & remplir d'autres vues secrètes].

MONSIEUR le Comte :

IL m'est facile de vous donner les instructions que vous me faites-demander : Je connais la Famille de la Jeune-persone, comme la mienne. Ce sont de Bonnes-gens, dont l'origine est peut-être égale à la vôtre, mais la situation présente bien-inférieure ! ce sont des Laboureurs, tant le Père que les Enfans restés au Village de S**. Quant à la Jeune-persone, sa figure est charmante, & tout le sang de cette maison est beau. Le caractère de la belle Ursule est parfait, il n'y a pas-là de candeur affectée ; tout est franchise : c'est la vertu même, avec tous ses épouvantails ;

vantails; le Marquis aimé ou non, ferait sûr de sa Femme, si une-fois il lui avait donné ce titre honorable. Voila, je crois, Monsieur le Comte, exactement tout ce que que vous voulez savoir.

A-présent me sera-t-il permis d'ajouter un mot audelà de vos questions? J'ose l'espèrer de votre indulgence. Le Marquis est père, & il l'est d'un Fils. Il me semble, qu'il n'y aurait pas à hésiter, à conclure un mariage, qui donne un état à votre Petitfils. Vous n'avez au-qu'une objection à faire contre la Mère; & elle a un million de plaintes à faire contre son Ravisseur. Il est vrai que vous avez donné une forte somme: vous avez acheté son silence; aussi ne reclamera-t-elle jamais contre vous le secours de la loi: mais ce serait un bien-triste avantage pour vous-même, si vous aviez aussi acheté le droit de proscrire votre sang? Il n'y avait pas de Fils, pas même d'apparence de grossesse, quand l'accord a été fait par moi-ſeul, & à l'inſu non-ſeulement de la Demoiselle, mais de toute ſa Famille. J'ai fait ratifier depuis, non ſans peine : mais ſ'il y avait eu un Fils, moi-même je n'aurais voulu me prêter à auqu'un arrangement, & j'aurais attendu, de la crainte fondée d'une dénonciation au Miniſtère public, un mariage, que je n'attens aujourd'hui que des ſentimens naturels d'un Père pour ſes Enfans. Je ſais que le Marquis peut trouver un Parti plus-avantageus, qu'une Fille avec quinze à ſeizemille livres de rente : mais je ſais auſſi, qu'il ne trouvera ſûrement pas le bonheur ; qu'il l'a chaſſé loin de lui pour-jamais, par ſon attentat ſur la Fille d'un Citoyen, qu'il a violée, retenue malgré elle chés lui plus de dix jours, miſe à deux-doigts du tombeau : Il aura toujours cette image devant les ieux : & ſ'il devenait aſſés endurci pour l'écarter, il n'écartera pas celle de ſon Fils ; ni vous-même, Monſieur le Comte, ne réüſſirez pas à l'écarter. Voila ce que ma conſcience m'oblige de vous dire.

D'un autre côté, je ſens que c'eſt un mauvais mariage, pour un Homme comme le Marquis de-*** : qu'il aura un Frère à avancer; une Famille nombreuse à protéger, à aider: qu'un mariage dans une Famille égale à la ſienne, lui procurera de avantages ſi conſidérables, qu'il eſt impoſſible de les négliger: qu'enfin, il aura d'autres Fils, dont l'origine ſera également illuſtre par les deux Sources de leur exiſtance. Comment faire dans une pareille occurrence? N'y aurait-il pas moyen de tout concilier? Je le crois; & voici celui que j'imagine. Les Filles ne ſont rien dans les maisons nobles ou roturières; elles en-ſortent pour n'y rentrer jamais. La tache faite à la Famille R**, par la violence ſur une Fille de cette maison, tombe donc bien-plûs ſur les Mâles, & ſur-tout ſur Celui de ces Mâles, qui eſt à la Capitale, & connu

Q 2

dans le monde, ou prêt à l'être, que sur la Fille elle-même, qui d'ailleurs me paraît presque-dédommagée. Ainsi, pour n'avoir rien à se reprocher, & que des Gens aussi relevés que vous l'êtes, ne se trouvent pas un tort réel avec des Gens audessous d'eux, je proposerais, mais comme un simple projet, que je soumets à votre examen, que m.r le Marquis épousât, pour sa fortune & son avancement, la Persone-de-distinction que vous avez en-vue ; & que pour réparer ses torts, relativement à la Persone qu'il a deshonorée, il rendît au Frère plûs-qu'il n'a ôté à la Sœur. Ce Frère, Monsieur le Comte, est un beau-garson, capable de faire honneur à son Protecteur par ses qualités, par sa belle figure, par ses sentimens nobles & distingués. Il faudrait le faire-entrer au service, lui faire-avoir une Compagnie, lorsqu'il en-ferait temps : à-moins que vous ne préférassiez de lui faire un sort dans la robe ; car il eſt propre à tout ; je choisirais même ce dernier parti. La finance ne doit pas vous inquiéter ; c'eſt un article dont je me charge, avec le ſecours des autres Amis de ce Garſon méritant : car il eſt adoré de tout ce qui le connaît. J'imagine que la protection que lui donnerait m.r le Marquis, & vous-même, Monſieur le Comte, vous honorerait autant que lui, & ferait briller aux ieux de tout le monde votre grandeur-d'âme & votre juſtice : Votre gloire ſerait ici d'autant plus pure, que vous n'encourreriez pas, auprès des Gens-de-qualité, le blâme de vous être mesallié dans votre Fils uniq.

Je viens, comme un Avocat-général, de plaider le pour & le contre : voila toutes les raisons poſſibles : c'eſt vous qui faites la fonction de Juge : prononcez.

J'eſpère, Monſieur le Comte, que vous recevrez en-bonne-part ce que je prens-

la liberté de vous marquer, & que vous y verrez le langaje d'un Homme également fidèle à l'amitié qu'il a jurée à la Famille R**, & à la considération respectueuse qu'il doit à la vôtre.

J'ai l'honneur d'être, &c.[a]

P.-ſ. J'écris également à-l'inſu du Frère & de la Sœur. Un ſeul cas détruirait la ſeconde partie de ma Lettre : c'eſt celui où le Marquis n'aurait pas de Fils du mariage projeté : Mais ne vient-il pas de faire ſes preuves?

LXII.me

27 juillet.

Réponse.

[On voit ici comment va s'arranger le refus d'Ursule.]

LES motifs que vous m'exposez, MONSIEUR, ont fait sur moi l'impression que méritait leur importance. Il ne s'agit que d'un point, c'est de déterminer le Marquis, & d'exciter la générosité de la Demoiselle, au-point de lui faire-refuser mon Fils. Si vous y réüssissez, nous-nous engajons, ma Famille & moi, à faire-avancer le Frère, & à le servir de tout notre crédit. Nous-nous conduirons d'après le succès de vos démarches.

Votre affectionné serviteur

Le Comte DE-***.

LXIII.me

29 juillet.

Replique.

[Gaudét a tout préparé; il est sûr de son fait.]

J'ESPÈRE, Monsieur le Comte, que si vous voulez faire après-demain, une démarche auprès de la Demoiselle, avec mr votre Fils, vous aurez la satisfaction que vous désirez. J'y ai travaillé avec une ardeur infatigable: heureus de concilier l'honneur d'une Famille respectable, avec l'intérêt du plus-chèr de mes Amis. Je sais que le Marquis doit vous presser vivement demain ou après: Vous pourrez céder en-apparence, & de-là venir ensemble chés la Demoiselle: Il est essenciel qu'il y soit, & sur-tout que vous n'ayiez pas d'entretien particulier avec elle hors de la présence de m.r votre Fils. On est fâchée contre lui; on ne l'est pas contre vous; au contraire, on vous respecte & l'on vous honore autant que vous le méritez, c'est-à-dire infiniment, & comme le fait

Votre, &c.a

LXIV.me

LXIV.me écrite avant les deux précédentes.

LAURE, à URSULE.

[Elle continue à servir les desseins de Gaudét.]

Tu touches, si tu le veux, chère Cousine, au moment desiré de te montrer sous le jour le plus-favorable à la Famille du Marquis : On est sur-le-point de te demander solemnellement : c'est l'instant de la fièrté, ton mariage ne s'en-fera pas moins, il est immanquable, à-cause de ton Fils ; mais il sera beaucoup-plus-heureus. Je te préviens qu'un de ces jours, tu auras la visite de m.r le Comte, & que le Marquis doit employer devant lui les raisons les plus-fortes pour te déterminer. C'est à toi d'arranger tes refus de-manière, qu'ils te donnent un nouveau relief, sans décourager ton Futur. Cette occasion est unique ; il ne faut pas la laisser échapper. Je crois que m.r Gaudét te verra cet aprèsmidi : tâche de savoir son sentiment, sans lui dire le rien.

LXV.me

30 juillet.

URSULE, à M.me PARANGON.

[Elle se doute de-la supercherie.]

VOILA, très-chère Amie, une Lettre que Laure m'écrivit il y a trois jours : je vais ensuite vous faire part de la conversation que j'ai eue avec m.r Gaudét. Mais lisez d'abord la Lettre de Laure. L'Ami de mon Frère est venu sur les quatre heures. —A quand le mariage? —Je l'ignore; on n'en-dit mot. —Si, l'on en-parle fort chés m.r le Comte de-*** : tout le monde le desire, & vous en-êtes la maitresse. —Je ne vous cacherai pas que j'en-suis ravie. —Cela est fort naturel! Comment vous proposez-vous de vous conduire? —Mais d'accepter tout-unîment. —C'est un parti sage : ce mariage devrait être fait! —Je le pense! —J'accepterai le Marquis ; je le dois à-présent. —Certainement c'est un devoir, à-cause de votre Fils, & vous devez vous sacrifier. —C'est bien un sacrifice, je vous assure! —C'est aussi, je crois, ce qu'il faudra faire-sentir vivement! —Je n'y manquerai pas —Il serait delicieus de desespérer le Marquis, en-le refusant ,.... aumoins d'abord? —C'est ce que je me propose. —A votre place, je n'accepterais qu'avec m.r le Comte en-particulier? —Cette idée est excellente, & je veux en-profiter. —Je lui ferais-entendre, que c'est autant par le respect qu'il m'inspire, & la haute considération que j'ai pour lui, que pour l'intérêt de mon Fils? —C'est justement ce que j'avais pensé. —Nous sommes d'accord; parce-qu'en-effet la raison dicte cette conduire, dans la position où vous êtes-, &ca. Mon Amie, ne se pourrait-il pas que m.r Gaudét & Laure eussent des vues particulieres, pour faire échouer le projet de mon mariage? Je leur trouve un air endessous depuis quelque temps. J'ai resolu de les attrapper (si tant est qu'ils me trompent), & d'accepter, après quelques difficultés assés-vives. Votre avis là-dessus, je vous prie ?

P.-s. Je crois cependant que je les soupçonne-à-tort. Quel serait le motif de m.r Gaudét, par exemple ? Pour Laure, peut-être un-peu d'envie..... Encore, elle est ma Cousine, & mon mariage lui fera plûs de bien que de mal. Je crois que je suis soupçonneuse ? J'en-serais fâchée ; cela marquerait que je suis méchante, & que je juge les Autres d'après-moi.

LXVI.me

même jour.

Réponse.

[M.me Parangon donne le seul conseil à suivre.]

ACCEPTE, ma chère Ursule, sans faire même ces difficultés ausquelles tu parais tenir : voila mon avis. Ce n'est pas que je soupçonne m.r Gaudét de te trahir : mais cet Homme a une manière de faire le bien de ses meilleurs Amis, qui souvent est fort-mauvaise ! Il se pourrait qu'il eût quelque dessein secret, tel qu'il ne lui est pas avantageus qui soit connu. Comporte-toi en-cette occasion, d'après mes avis ; car il n'y a qu'une chose de certain ici ; c'est que tu as un Fils, auquel il faut donner un état, une famille, un titre en-un-mot, & qu'un Fils est tout pour sa Mère. Elle doit lui tout immoler, hors l'honneur : mais la vie & le bonheur sont au nombre des sacrifices à lui faire ; sans cela, elle n'est pas mère, elle est marâtre.

LXVII.me

11 juillet.

LAURE,

à GAUDET.

[Jalousie de femme contre Ursule.]

Tes projets sont renversés, l'Ami, si tu n'y mets ordre : Ursule vient d'accepter. Tout-alait-bien d'abord; elle a dit au Marquis les choses les plus-dures; entr'autres, qu'elle avait de la répugnance pour lui. J'aurais cru qu'il alait se câbrer à un mot si dur; point-du-tout! il a répondu avec une modération, dont un Homme de son âge, de son rang (je pourrais ajouter, de son caractère) ne me paraissait guère susceptible, :: *Mademoiselle, en-avez-vous pour votre Fils ?*.. Il est certain que la Famille du Comte n'est point pour ce mariage; il faut les aider, dans cette circonstance, & faire ensorte que cette petite Tête refuse absolument : à-moins que tu n'aimes mieux laisser terminer. Voici néanmoins l'occasion de déveloper les reſſources de ton génie. Edmond ſera négligé, ſi l'on n'a plus rien à attendre de ſon crédit ſur l'eſprit de ſa Sœur, pour l'éloigner du mariage. J'aurais bien encore un autre motif, pour t'engajer à agir: c'eſt que m.[lle] ma Couſine eſt naturellement un-peu fière; ſi elle devient marquiſe, je ne pourrai plus la regarder. Je la connais, cela en-viendra là:

A chi ſa legger nella fronte il moſtro.

Mets ordre à cela, je t'en-prie, n'importe par quel motif; car je ſais que tu es audeſſus de mes idées, que tu nommes des *femmillages*.

Je ſoupçonne m.[me] Parangon d'être ſon guide en cette occaſion; car Urſule penſait comme nous.

---

(1) Voyez la cx.[me] Lettre du PAYSAN, *T. II*, p. 252.

LXVIII.me 5 auguste.

Réponse.

J'AI depuis longtemps en-main un Mauvais-sujet, presqu'aussi beau qu'Edmond, mais qui en-est tout l'opposé par le caractère & les sentimens : c'est une âme basse, crapuleuse, que j'ai maintenue basse & crapuleuse avec autant de soin, que je cherche à élever celle d'Edmond : Cela n'est bon qu'à faire du mal, & je l'y emploierai, pour que cette âme nulle soit bonne à quelque-chose. Tu inviteras ce vil Personnage, que j'ai donné pour éleve lors de mon départ, au Maître d'Ursule, à un bal chés *Coulon*, faubourg *Saintgermain* : la salle est assés bien, pour que tu y conduises ta Cousine & son Frère ; car j'imagine qu'elle n'irait pas seule. Tu diras à *Lagouache* (c'est le nom de mon vil Instrument), qu'il s'agit de plaire à Ursule : le Sot danse bien ; tâche qu'il ne parle pas; excite en-lui la lubricité, le bas-intérêt; fais luire l'espoir d'un succès facile, & ne lui cache pas qu'Ursule a fait un enfant; cela enhardit les Sots, & quelquefois les Gens-d'esprit. Tu auras soin de faire remarquer à ta Cousine les grâces du Fat, de vanter son merite; tu lui apprendras qu'il est élève de son Maître, & tu lui feras-naître l'envie d'en-faire son émule. Une-fois prise, quand la sotise paraîtrait, elle n'éteindrait pas l'amour; cette passion métamorfose la bêtise en-aimable simplicité. Tu vois, ma chère Laure, que je ne suis jamais en-défaut, & que j'ai une pièce pour tous les trous. Je finis par cette jolie phrase, qui t'appartient.

LXIX.me
25 auguste.

URSULE, à LAURE.

[Comment Gaudét lui fait-refuser le Marquis par libertinage: Elle parle ensuite des bals, ces dangereuses Assemblées, si fatales aux mœurs! & des Comédies.

Il est envérité très-aimable ce jeune Elève, que mr. Gaudét a donné à mon Maître-de-peinture. Quelle grâce il avait hièr à la danse! Tout le monde l'admirait. Je t'avouerai aujourd'hui tout-bonnement, qu'il m'avait frappée, le premier jour où je le vis chés Coulon, quoique le soir, je n'aie pas voulu en-convenir. C'est qu'envérité j'étais honteuse qu'il eût fait sur moi, à une première-fois, une impression si vive.... Oui, la préférence marquée qu'il me donnait, m'a flattée; car envérité, il n'y avait rien là qui le valût qu'Edmond: mais mon Frère n'est pas un Homme ordinaire; c'est, je crois, le plus-bel-homme du monde: mais après lui, c'eſt m.r Lagouache: ce qui me flatte extrêmement.

Je t'ai beaucoup d'obligation du genre de plaisir que tu m'as fait-connaître au bal : je n'avais qu'une idée imparfaite de cet amusement, que je préfère au bal de l'*Opéra :* ce dernier n'eſt qu'une cohue. A-la-vérité, le déguisement favorise une infinité d'avantures, & donne une liberté, qui doit-être un agrément ſans prix aux ieux des Gens que les bienſéances contraignent : mais outre qu'il faut, pour en-jouïr, aler fréquemment à ces Aſſemblées, je trouve encore qu'il eſt nul pour toi & pour moi : Tu jouis de ta liberté; moi je n'ai pas le goût des avantures; il faut pour cela, être ducheſſe, marquise, ou fille-entretenue. Mais à nos bals bourgeois, où l'on va ſans maſque; où l'on eſt connaiſſance après deux aſſemblées, où l'on voit ce qu'il y a de plus-élégant dans les deux-ſexes, parmi les Gens qui nous aſſortiſſent, c'eſt je te l'avoue, un paſſetemps charmant, & c'eſt dommage, qu'il faille en-faire-myſtère à m.me Canon! car mon Frère invente toujours un prétexte, pour m'avoir. Aureſte, peut-être cette gêne & ce myſtère y donneraient-ils un prix, ſi ce n'était pas un obſtacle, pour mener Fanchette. Car il n'eſt envérité pas poſſible d'y conduire cette jeune & charmante Enfant! l'on y fait & l'on y dit des choses trop libres. Hièr, mon Frère, qui n'eſt aſſurément pas fort-grave, a froncé deux fois le ſourcil, & j'ai vu l'inſtant où il alait coller d'un revers-de-main contre le mur, ce Faquin efféminé, qui danſait avec tant de lubricité, lorſqu'il ſ'eſt avisé de toucher la gorge à ſa Danſeuse. M.r Lagouache m'en-a paru auſſi fort-ſcandalisé; cependant il a calmé mon Frère, en-lui parlant à-l'oreille. A cela près, c'eſt charmant, & je regrette de n'avoir pas connu plutôt ce divertiſſement-là: on y brille, pour peu qu'on ait de figure; on reçoit de la part des Hommes polis mille complimens délicats, dits d'un air qui en-double le prix, & m.r Lagouache y est mieux que Personne, je crois? Qu'en-dis-tu?

L'un de ces jours, Edmond est venu me prendre pour aler aux *Français*. Tu sais que j'ai déja vu avec lui, l'*Opéra*, où tout m'a ennuyé, jusqu'aux danses; car j'ai cinq à six-fois demandé à mon Frère ce qu'on applaudissait(1). Il me gardait les *Français* pour la bonne-bouche. On donnait le *Négociant*, ou le *Bienfait rendu*, & les *Folies-amoureuses*. La première de ces deux pièces, que le tumulte de la cabale m'a empêché d'entendre aussi-bien que je l'aurais voulu, m'a fait beaucoup de plaisir : elle exprime une action généreuse, & m'a paru calquée d'après un événement réel. Un Négociant de

(1) On a totalement changé l'ancien genre de danse de l'*Opéra*, en-changeant la musique: cette heureuse révolution pour le goût, a été opérée par m.r le Chevalier Gluck, & par les s.rs *Noverre*, *Gardel*, *Vestris*, &c.

Bordeaux, a prêté centmille-écus à un Comte : il veut faire épouser la Fille de son Débiteur à son Neveu : mais ni le Comte, ni sa Fille ne s'en-soucient. L'Oncle, qui se voit-mal-reçu, menace d'exiger son paiement ; ce qui abaisse la morgue du Comte & de sa Fille *Angélique* : mais (*Verville* le Neveu), a vu chés le Comte, une *Julie*, amie d'Angélique, aussi jolie, & sur-tout moins-fière ; il-en-est devenu amoureus, & pour l'épouser, il fait prêter au Comte les centmille-écus qu'il doit à son Oncle. Ce Dernier n'ayant plus de droit à faire valoir auprès du Noble orgeuilleus, consent au mariage de son Neveu avec l'aimable *Julie*.

Les *Folies-amoureuses* m'ont fort-amusée, il faut en-convenir. Je ne vois pas d'où-vient on contraint toujours les Amans ! Qu'est-ce-que cela fait aux *Cœurs-de-bois*, que l'on s'aime ? Je crois qu'ils sont jalous de ce qu'on est plus-heureus qu'eux ? Aussi approuvé-je de tout mon cœur les Amans qui trompent ces Surveillans mauſſades, & qui ſe rendent heureus en-dépit de leurs précautions. Je ne ſaurais dire combien je m'intéreſſais à la jeune-*Agathe*, quand je la voyais tromper ſon vieux & jalous Tuteur *Albert*. Je tremblais qu'elle ne fut découverte (1)! Heureusement elle ne l'a pas été. Veuille l'amour nous donner, ma chère Laure,

(1) Toutes les leçons que les Comédies ordinaires, nommées du bon-genre par les *Fréron*, les *Querlon*, & en-général par les Partisans du comiq, ſont contraires aux bonnes-mœurs. Qu'eſt-ce, par-exemple, que le *Tuteur-dupé, ou la Maison-à-deux portes?* Le comiq, qui resulte d'un tour joué, marque toujours une âme méchante; je préférerais le Drame, à un pareil comiq, & je ſerais du ſentiment de m.r le Marquis *de-Condorcet*, qui a loué ce genre, en pleine *Académie-Françaiſe*. Pleurer d'attendriſſement eſt un vrai plaisir, & le plus vif de tous. C'eſt le ſentiment général des Hommes desintéreſſés, à qui la prevention n'a pas fait-prendre un parti qu'ils veulent ſoutenir à quelque prix que ce ſoit. [*L'Éditeur.*]

un ſemblable ſuccès, en pareille occasion !

A-propos, notre Maître nous a mis aux prises, m.[r] Lagouache & moi, pour une copie de *Lebrun* : C'eſt un moyen tableau pour la grandeur, mais ſublime pour l'exécution : m.[r] Lagouache l'a emporté. Je n'en-ſuis pas fâchée, & je craignais plûs la victoire, que je ne la desirais, je te l'avoue.

Je ſuis riche ; ſi le Marquis ſe rebute, j'obligerai ſa Famille..... Quant au Conſeiller, je ne l'aime que dans l'imagination d'Edmond, à quî je l'ai fait croire..... Si je fesais l'avantage d'un jeune Artiſte aimable, & qui peut faire ſon chemin ? qu'en-dis-tu, Cousine ? Nous avons ici le conſentement de nos Parens ?... Il faut conſulter m.[r] Gaudét : ſ'il eſt à Paſſy, je veux lui écrire, & ſuivre en-tout ſes conſeils.

P.-ſ. Je me cache en-ceci de m.[me] Parangon : d'ailleurs, elle part ſous peu de-jours.

LXX.[me]

LXX.me

lendemain.

LAURE, à GAUDÈT.

[Elle se moque de sa Dupe.]

Elle y donne à plein-collier, ma-foi ! Je ne l'aurais pas crue si facile à tromper, ni si prompte à prendre-feu, la Commère ! Ton Lagouache lui a tourné la tête en-moins de huit-jours. Il est vrai, que le Maître a fait la copie du Tableau, qu'elle croit du Fat : mais ce n'est pas-là ce qui la décide. Je t'envoie sa Lettre. Fais-lui réponse, ou à moi. Cela m'humilie un peu, & doit t'humilier aussi ; tes talens vont rester sans emploi, & leur victoire actuelle n'a rien de flatteur, grâce à la danse.

LXXI.ME

27 auguste

GAUDÉT, à LAURE.

[On voit ici tout ce que le Corrupteur a dans l'âme.]

IL n'eſt point de mépriſable ſuccès, lorſque les vues ſont remplies. Prens donc la juſte opinion que tu dois avoir de mon adreſſe & de ma capacité. J'échouais par les moyens ordinaires avec la Sœur & avec le Frère lui-même, auquel il n'était pas facile de faire-entendre raiſon ; une confidence entière, quoiqu'à ſon avantage, nous brouillait à-jamais : dans cette Famille, on va au but desiré, ſans regarder les entours : ce but pour Edmond, eſt que ſa Sœur, qu'il a mandée à la Ville, qui y a été violée, un-peu par ſa faute, & dont l'accident lui a causé des larmes amères, peut-être des reproches de la part de ſes Parens, ſon but dis-je, eſt qu'elle ſoit Marquise; il ſ'immolerait lui-même, pour remplir cet objet ; & ſecondé comme il l'eſt par le Marquis, ſur-tout par l'ambition d'Urſule, il alait réüſſir ; le mariage ſe fesait ; le Comte lui-même était ébranlé. Qu'ai-je imaginé, moi, dont le plan est de sacrifier la Sœur au Frere ? J'ai fait trouver sous la main de la Sœur, un très-joli Garson ; une brute d'ailleurs : mais ces Droles-là réüssissent de-préférence avec les Femmes ; Edmond ne valait guère-mieux, lorsqu'il a subjugué la belle Parangon. J'ai donc ensorcelé Ursule. A-présent il me faut une chute, & je la tiens ; j'en-ferai ensuite tout ce que je voudrai : mais j'en-jure par l'amitié, je ne m'en-servirai, ou je ne la ferai servir qu'à l'avantage de son Frere ! J'aurai soin ensuite d'écarter le vil Instrument que j'aurai employé, pour ne pas ruiner absolument la Sœur. Si je puis, après le mariage du Marquis avec la riche Héritière, je ferai ensorte qu'Ursule, agguerrie, soit avec Celui qu'elle aura refusé pour mari, sur le piéd de maitresse ; & c'est-alors que je la ferai servir à mes projets, pour le Frère : parce-que n'ayant pas de Famille à elle, il ſera naturel qu'elle ne ſonge qu'à lui : les Filles bien-mariées, ſont la ruine des maiſons ; les Catins y ſeraient plus-utiles. Mon but eſt de m'élever avec Edmond ; de m'attacher à ſa Fortune, de connaître, à-l'aide de ſon caractère vif, ſenſible, & de mon intrépidité, toute l'étendue des reſſources humaines ; juſqu'à quel point cet Animal, qu'on appelle l'Homme, peut uſer de ſes facultés pour tromper ſes Semblables, leur en-imposer, ſ'en-faire reſpecter, & les braver, ſans craindre leurs lois. J'aurai par là le ſecret de la conduite & du ſuccès de tant d'Hommes qui m'ont étonné. La Sœur, lorſqu'elle n'aura plus d'établiſſement en-vue pour elle même, qu'elle n'aura plus à prétendre à l'honneur de ſon ſexe, ſera toute à celui de ſon Frère : j'aurai ſoin alors de lui montrer ſa vraie ſituation, & de lui indiquer l'illuſtration d'Edmond comme le ſeul moyen d'en-ſortir. Je remplirai ſon eſprit & ſon cœur du desir d'une gloire propre aux Filles de ſon état, d'une *Courtisane-généreuse*, d'une *Marion-Delorme*, d'une *Ninon-De-Lenclos*; je me servirai sur-tout d'une Nouvelle, que je viens de voir dans le *Mercure*, où un certain *De-Terlieu* trouve la plus-vertueuse des Femmes, ou du-moins la plus-généreuse, dans une Fille-galante. Je voudrais alors porter les choses encore plus-loin, & quand il n'y aura plus qu'à la déterminer à servir absolument son Frère, pouvoir l'intéresser à lui au-point de faire tous ses efforts, pour monter où d'Autres sont parvenues...

(Lacune de deux lignes environ.)

Ce serait le meilleur & le plus-sûr moyen de remplir toutes mes vues. Après cela, je voudrais que le Marquis, devenu veuf, & sans Enfans, épousât Ursule, pour légitimer un Fils uniq : c'était mon premier but, en suggérant au Marquis de l'enlever, en-dirigeant comme je l'ai fait, toute la conduite qu'il a tenue avec elle.

Voila de vastes projets ! J'ai resolu de les remplir par tous les moyens ; en un mot, de voir tout ce que l'on peut faire en-bravant tout, & quel eſt le terme où l'on eſt arrêté. Seconde-moi: je ne ſuis pas fâché que tes petites paſſions de Femme viennent à mon ſecours; elles en-font quelquefois davantage que toute l'adreſſe & toute la résolution d'un Homme. Tu as raison de croire qu'Urſule ſerait fière dans la fortune, & de craindre qu'après avoir commencé comme-toi, elle ne finît par monter, à-raison de ſon accident, juſqu'à un Marquis; tandis que par le tien, on ne t'a pas jugée digne d'un petit Paysan. Conſidère néanmoins, pour t'adoucir, que ſans ce petit malheur, tu ne ſerais pas adorée d'un Homme qui vaut un-peu mieux que tous les Ruſtres de S** & d'Au**; ſonge que tu es aſſociée à mes deſſeins, & que ſi la fortune les ſeconde, tu marcheras dans peu au-moins l'égale de la belle Urſule. C'eſt le but où je tens pour toi.

LXXII.me

10 septembre.

Réponse.

[On voit ici, pourquoi Ursule a laissé-emporter son Fils à la Mère du Marquis de-***.]

SANS que tu paraisses, tout va le mieux du monde : On vient de persuader à Ursule, que son Fils est mort. Ç'a été un coup-de-partie, que la Comtesse l'ait pris il y a trois semaines, & que tu aies fait ensorte qu'Ursule ne s'y refusât pas, sous prétexte que cet Enfant serait plus-aimé des Parens de son Père, s'ils l'élevaient eux-mémes ! Il faut avouer que la conduite d'Ursule me donne du mépris pour mon sexe. Cette Fille si raisonnable, si ambitieuse, qui voulait le Marquis, pour avoir son rang ; qui aimait son Fils ; qui croyait que son mariage-serait utile à son Frère ; qui sait de quelle joie & de quelle gloire elle aurait comblé son orgueilleuse Famille (car les R** sont orgueilleus audelà de l'imagination); la voila qui sacrifie tout, parce-qu'on a fait-trouver ſous ſes yeux un joli Poliçon ! Car elle n'a laiſſé emporter ſon Fils qu'à-cauſe de Lagouache, qu'elle aime. La Comteſſe l'a fait diſparaître en-un clin-d'œil, tandis qu'elle amuſait Urſule, qui ne cédait çependant qu'à-regret* : —Alez, alez donc-! a dit la Comteſſe par deux-fois à ſa Femme-de-chambre. Je te paſſerai deſormais tout ce que tu diras des Femmes ; elles le méritent : en-voila Une, des mieux en-ſentimens, qui ſacrifie ſon Père, ſa Mère, ſon Fils, ſon Frère, ſa fortune, ſon honneur, un rang audeſſus de ce qu'elle pouvait jamais prétendre, à Quî ? à un Inconnu, ſans mérite, vil, bas, qui n'a pour lui qu'une jolie & platte figure ; car il a les yeux & le menton bêtes... Je me repens de t'avoir ſecondé ; car je doute que ſans moi, tu euſſes réüſſi, toute-ſubjuguée qu'eſt Urſule : l'ambition parle quelquefois bien-haut !.... Il eſt vrai que le dernier coup frappé (je veux dire cette mort du Fils), lui enlève abſolument toute

* Sujet de la XVI.me Eſtampe.

giraud le jeune Sculp.

toute espérance de marquisat, & que nous la tenons: mais il falait ce coup-là, & tu m'en-dois l'invention: c'est moi qui ai tout ait: Nous verrons ta reconnaissance.

P.-s. Un autre avantage; c'est que la Belle-dame part ces jours-ci: ne ferait-ce pas le moment d'écrire à Ursule cette Lettre dont tu m'as parlé, sur la pudeur? Les Parties-de-spectacles que nous fesons faire, Edmond & moi, ont déja préparé tout ce que tu diras là-dessus, particulièrement les Comédies du *Grandissime Molière*, qui sont bien les plus-impudentes qu'on puisse voir, après celle de *Nicolet*; l'*Ecole-des-Maris*, *George-Dandin*, l'*Ecole-des-Femmes*, montrent à notre sexe l'effronterie recompensée. Je ne dis rien des *Folies-amoureuses*, & de ce *tas* de pièces des *Comédiens-Auteurs*: celles de Plaute, (que je lis depuis huit-jours), tant accusées d'obscénité, sont bien-moins-indécentes!

LXXIII.me

15 septembre.

GAUDÉT, à URSULE.

[Il combat la pudeur, la chasteté, toutes les vertus.]

DANS le trouble & la perplexité où vous êtes, charmante Ursule, prête à prendre un parti définitif, je pense que peut-être vous pourriez-vous trouver arrêtée par des considérations, qui s'opposant à vos goûts, ne feraient que vous tourmenter, sans vous empêcher de les satisfaire enfin. Mais quelle satisfaction que celle empoisonnée par le remords!.... Je me crois donc obligé, à-tout-évènement, de vous applanir les difficultés, & en-véritable Ami, de vous ôter les épines qui entourent la rose du plaisir, en-quelqu'endroit qu'elle croisse. Si vous devenez Marquise, mes leçons vous serviront, pour vous venger des immanquables infidélités de votre Mari : si vous ne l'êtes pas, &

que vos intentions vous portent, ſoit à mener une vie libre, ſoit à vous choisir un beau Jeune-homme pour mari, ce que je me propose de vous dire dans cette Lettre vous tranquilisera, en-vous mettant d'accord avec vous-même; ce qui de tous les avantages eſt le plus précieus.

La queſtion que je vais examiner dans cette Lettre, eſt, ce qu'on doit aux convenances, & même à ce qu'on nomme la pudeur, dans votre ſexe.

Rien de ſi-futile, dans le vrai, que la convenance, ſi importante aux ieux des Sots. Définiſſons-la: On nomme convenance, tout ce qui donne à nos actions un vernis qui les rend agréables aux Autres, & fait qu'elles ne choquent en-rien leurs idées, leurs préjugés, l'usage, &c.a Ainſi votre mariage avec le Marquis, eſt très-convenable pour vos Parens & pour vos Amis, qui ne voient dans cette alliance, que les avantages qu'ils tireront de votre illuſtration:

ſoyez heureuse ou malheureuse, c'eſt ce qui leur importe peu; cela n'influe en-rien ſur la convenance de ce mariage à leurs yeux. Pour la Famille du Marquis, le même mariage n'eſt pas dans la convenance; aucontraire! & ſi on venait à le contracter, ce ne ſerait qu'à-raison de la convenance de l'Enfant: mais ſ'il n'exiſtait plus, toute convenance ceſſerait aux ieux de cette Famille, & il n'y faudrait plus ſonger.

Après l'eſpoir que vous avez eue d'être Marquise, toute autre alliance paraîtra hors de convenance à vos Parens: & ſi par-exemple, vous aimiez un beau Jeune-homme, peu-fortuné, il eſt certain qu'ils ſ'opposeraient de tout leur pouvoir au deſſein que vous formeriez de l'épouser; vous eſſuieriez à cet égard tant de tracaſſeries, que le plus-ſûr pour votre repos, ſerait d'y renoncer. J'abandonne donc ici également les deux hypothèses de votre mariage avec le

Marquis, & avec un jeune Amant, que vous prendriez ſans fortune par inclination. Un pareil Mari, à qui ſa Femme a fait un ſort, pour l'ordinaire, eſt un diſſipateur, qui la réduit bientôt à la misère : ce qui a ſa cause non-ſeulement dans le moral, mais dans le physiq même ; un Homme regardant comme mal méritée la fortune, & comme mal-acquis le bien qu'il tient de ſa Femme.

Mais j'ai une autre hypothèse favorite : C'eſt celle que vous reſterez libre, comme vous avez commencé ; que vous vivrez heureuse, & fesant des Heureus, qui vous paieront leurs plaisirs, en-ſatisfesant tous vos caprices. Le ſort d'une Souveraine eſt moins-agréable que celui d'une pareille Femme ; elle eſt Souveraine elle-même, & avec votre beauté, elle peut aler.... à tout. En-admettant cette hypothèse, que je desire qui ſoit la vôtre, tant pour votre avantage que pour celui de votre Frère, il faut vous mettre-à-l'abri des préjugés de cette éducation mesquine, si fatale à Edmond jusqu'à ce jour, & qui m'a donné tant de peine ! De toutes les chimères de vertus ausquelles vous m'avez paru le plus-attachée, jusqu'à ce jour, les deux principales ont été la pudeur & la pudicité. Ce sont aussi ces deux fantômes que je veux chasser, & bannir si loin de vous, qu'ils ne reviennent jamais (1).

La pudeur n'est pas plûs-naturelle aux Femmes, qu'aux Femelles des Animaux. Qu'est-ce en-effet, que ce sentiment vanté, qui fait-fuir une Femelle, pour exciter le Mâle davantage ? C'est un sentiment factice, & qui l'était déja, dès le temps d'*Esacus* fils de Priam, dès le temps où Dafné fuyait Apollon. Si la fuite a été naturelle, ç'a été uniquement lorsque le Mâle était hideus,

(1) Eh! Malheureus, quand elle n'aura plus ni pudeur, ni pudicité, dans tes principes même, à qui plaîra-t elle ?

ou d'une espèce monstrueuse & mélangée; ou d'une couleur trop-différente, encore entrait-il, pour ce dernier article, déja un-peu de factice, un-peu de préjugé dans la pudeur. Que fesait d'impudent, ou de mal, une Femelle, qui, attaquée par un Mâle qui lui plaisait, se rendait sans combat? Rien, je pense; si ce n'est que le Mâle remplissait son desir plus-paisiblement; qu'il n'outrait pas la jouissance, & qu'il se comportait plus physiquement. Qu'est-ce que la pudeur de nos Femmes d'aujourd'hui? sinon l'assaisonnement du vice, dans le cas où la jouissance avec Ce-qu'on-aime, ou Ce-qui-plaît, serait un crime: pensée absurde, blasfématoire, puisqu'elle est injurieuse à la Nature. La pudeur n'est donc, en-physique, qu'un être-de-raison, & en-morale, plutôt un-vice qu'une vertu, sous quelque point-de-vue qu'on la considère. Elle n'est qu'un moyen d'aigüiser le desir, de le porter audelà du ton naturel des organes: & ſous ce point-de-vue, peut-être devez-vous conſerver une pudeur coquette. La pudeur, qui, dit-on, nous fait porter des habits, & couvrir votre nudité, n'eſt pas bien-nommée; c'eſt *politique* qu'il falait dire: celle qui fait voiler le visage des Vierges, n'eſt qu'un rafinement de luxure dans Ceux qui en-ont établi la loi, afin que la Vierge tentât davantage; ou, afin que l'Homme, qui ne la peut voir qu'en-l'épousant, comme à la Chine, ſe détermine plus facilement à contracter le lien du mariage. La coquetterie, parmi nous, tire ſes plus grands avantages de ce qui fut d'abord annexé à la pudeur: c'eſt par les habits, qu'on embellit les formes, qu'on en crée même d'agréables; par les habits, une Maigre qui bleſſerait nos regards & nous repouſſerait, paraît avoir la tâille fine; aulieu d'un Squélette décharné, elle ne nous fait voir, par une illusion heureuse, qu'un corps délicat, recouvert par les étoffes les plus-élégantes. La coîfure, un corset rassemblant, une robe bien-faite, une jupe agréablement flotante, une chaussure mignone se variant tous les jours, cela renouvelle la même Femme, & la change sans-cesse (avantage infini! le changement étant dans les mêts & dans les plaisirs de l'amour, le ressort le plus-efficace de la nature). Ajoutez que la parure devenant l'effet des goûts factices, il arrive que lorsque ces derniers sont satisfaits à un certain point, la parure excite plûs que les appas naturels. Ainsi quand la mode sera qu'on ait des hanches factices, qui fassent danser la jupe en-marchant, qui donnent au mouvement du corps un branle lascif, alors, un Homme qui aura pris vivement ce goût, en-voyant une Femme avec ce costume porté jusqu'au ridicule, éprouvera des desirs ardens, beaucoup plus-vifs que ceux inspirés par la nature; il brûlera de les ſatiſfaire avec Celle qui ſera mise ainſi. Il arrivera même de-là, que les Laiderons qui auront ce genre de parure, l'enflâmeront plûſque la beauté. Un-autre aime-t-il la forme moderne des chauſſures de nos Femmes? plûs Une d'entr'elles aura un ſoulier bien-pointu, un talon bien-haut & bien-mince, plûs cet Homme ſe paſſionnera; il ira juſqu'au délire, comme on en-a vus.... Par tout-cela, vous voyez, belle Urſule, que la prétendue pudeur eſt une politique, ou un vice, & que ſa plus-grande utilité eſt en-faveur des Catins. Elle peut auſſi être utile aux Femmes, qui veulent conſerver le goût qu'elles ont inſpiré filles à leurs Maris: ſous ce dernier point-de-vue, vous en-ferez usage, pour plaire davantage: mais vous n'y ſerez pas aſtreinte en-eſclave, comme ſi elle était un devoir, ou ſeulement une vertu.

Je paſſe à-présent à un autre article plus important, la *pudicité*.

D'abord, on ne ſaurait diſconvenir, que ce que les Moraliſtes nomment *impudicité*, ne ſoit un acte non-ſeulement légitime, mais néceſſaire. Cependant, avant d'aler plus-loin, diſtinguons. Il y a une *pudicité*, qui eſt vertu; c'eſt la pudicité naturelle, qui conſiſte à ne pas outrer la faculté de jouir: la détruire, par un usage immodéré, c'eſt un crime, comme tous les autres excès, comme l'ivrognerie, la gourmandise, (vices infâmes, qui ravalent Celui qui les a, fort-audeſſous des Animaux). Mais la jouiſſance modérée eſt le plus-bel appanage que la Nature nous ait donné: c'eſt le baume de la vie. Ainſi, belle Urſule, n'ayez auqu'un ſcrupule de vous-y livrer en-créature raisonnable, de faire Un, ou même des Heureus; loin d'être vile & coupable, vous ſerez alors une Image plus-parfaite de la Divinité même. C'eſt ſous ce point-de-vue que la Grèce conſidéra Phryné, Laïs, & les autres grandes Courtisannes, qui se sont illustrées par le plaisir, autant que les Héros par la vertu. Mais remarquez qu'elles ne s'avilissaient pas comme une Cléopatre, comme une Messaline, en-portant à l'excès, & audelà des bornes le don de leurs faveurs. Nos Prostituées de Paris, sont, pour la plupart, de viles d'exécrables Créatures, non par leur état, mais par la manière infâme dont-elles en-remplissent les fonctions. Soyez Laïs, soyez Phryné, Ursule, ou cette Flora des Romains, autrement Acca-Laurentia, à laquelle ils élevèrent des autels, tandisque Lucrèce n'en-a jamais obtenus: Mais ne soyez pas Messaline ne faites pas du plus-beau des états, un vil, un infâme métier; n'y outragez pas la Nature, mais Prêtresse fidelle, embellissez-la par la volupté; c'est tout ce qui vous est permis. Votre honneur & la conservation de vos charmes y sont intéressés: vous devez être avare de vos faveurs comme une Prude, à-proportion de ce qu'elles valent & de ce que vous perdriez, en-fanant trop-tôt vos appas.

C'eſt en-prenant des idées ſaines ſur la pudicité, que vous-vous garantirez de ce triſte ſentiment, qui met ſouvent aux-abois votre pauvre chèr Frère, & qui empoisonne tous ſes plaisirs par le remords; tâchons que les vôtres ſoient purs: & pour cela mettez-vous bien dans l'eſprit, que la vraie chaſteté n'eſt pas le célibat, mais cette jouiſſance modérée, que les Femmes-grecques demandent à Vénus, dans *l'Iphigénie* d'Euripide (1). Par-exemple, pour ce qui me regarde, je ſuis ſûr que vous avez quelquefois eu de monſtrueuses idées à mon ſujet. Mais examinons les choses en-elles-mêmes: J'aime Laure; elle m'eſt attachée, ſinon fidelle: La loi par laquelle je l'aime, eſt la loi éternelle

(1) Act. II, ſc. 1, chœur des Chalcidiennes.

de la nature, qui m'a fait Homme : celle qui me l'interdit, eſt une loi humaine, folle, injurieuse à la Divinité : voila pourquoi je la brave : ſans cela, ayez aſſés bonne opinion de moi, pour croire que je l'obſerverais. Je ne fais donc qu'une action légitime ; je remplis même un devoir, par des raisons ſecrettes, en-aimant Laure ; ce devoir m'obligera peut-être un-jour à faire à une autre Perſone certaines propositions...

Il y a un Peuple ſur la terre, ce ſont les Nègres de Guinée, ce même Pays qui vend tant d'Infortunés aux Européans, pour les envoyer crever de travail en-Amérique : chés ce Peuple, le premier, le plus autorisé des plaisirs, c'eſt cette même jouiſſance, dont les Européans, je crois par-impuiſſance, ont fait le plus-grand des crimes (du-moins leurs Moraliſtes, ſi ce ne ſont pas leurs Légiſlateurs). En-Guinée, tout ſe rapporte à ce plaisir, les inſtitutions religieuses, les divertiſſemens publiqs, & juſqu'aux fondations pieuses des Mourans : l'acte reproductif eſt regardé comme le plus-beau, & comme le plus-agréable à la Divinité. Non-contens de ſ'y livrer, pour aiguiser encore ce goût, dans leurs danſes, ils retracent tous les geſtes de la lubricité : l'Homme & la Femme qui figurent enſemble paraiſſent ſe provoquer, pour ſe leurrer mutuellement, juſqu'à ce qu'enfin les desirs portés à-l'excès, Chaqu'un ſoit obligé de ſe dérober, & d'aler à-l'écart, goûter des délices audeſſus de l'imagination. Qu'un Miſſionnaire Européan arrive ſur le lieu de la danſe, il ſe ſigne, & la regarde comme une invention du Démon, pour corrompre ces pauvres Peuples. Si je me trouvais auprès de cet Homme, je lui ferais une queſtion : —Pourquoi cette danſe, le ſeul plaisir de ces pauvres Nègres (y compris ce qui la ſuit) eſt-elle une chose horrible ! —Parce-qu'elle eſt impudique. —Pourquoi une danſe impudique eſt-elle une choſe horrible? —Parce-que la loi de Dieu la défend. —Pourquoi la loi de Dieu la défend-elle? (Ici mon Homme commence à être embaraſſé; mais je veux bien l'aider:) Vous me direz, —Parce-qu'elle eſt capable d'alumer les paſſions, de les porter à-l'excès, & d'égarer l'Homme: ſ'il entre en-frénésie, il va ſ'armer d'un poignard, pour écarter les Rivaux, il va tuer, maſſacrer, ou l'être. —Très-bien! —Vous parlez-là, pour les Peuples chés quî ces inconvéniens peuvent arriver: Mais avec ces pauvres Négres, chés leſquels jamais ils n'arrivent, pourquoi leur danſe eſt-elle une abomination-? (Ici mon Homme fait un cercle vicieus, & dit), —Parce-que c'eſt mal. —Pourquoi cela eſt-il mal? —Parce-que c'eſt impudiq, & que Dieu le défend-. Il ne peut ſortir de-là; des raisons, il n'en-a plus: parcequ'en-effet, il n'y en-a pas

pas. C'eſt que la danſe des Nègres, qui fait leur plaiſir & leur bonheur eſt très-légitime, ainſi que ce qui la ſuit. De-même, lorſque la Femme de Quelqu'un de leurs petits Chefs vient à mourir, & qu'elle fonde deux, quatre, ou douze *Abélérés* (Filles-de-plaiſir), pour le repos de ſon âme, cette action eſt traitée d'infame par nos Prêtres; & de ſainte par les luxurieus Marabous (1), des Nègres. Je ſuis cependant ici de l'avis de nos Prêtres: il en-coûte ordinairement la vie à ces Abélérés; parce-qu'étant vouées, elles ne peuvent refuser Perſonne: on les épuiſe en peu de temps, & elles périſſent.

La loi des Peuples policés contre la

(1) Il ſe trompe: les Marabous ou *Marbuts* ſont les Prêtres des Nègres-mahométans, chés qui on ne fonde pas des Abélérés: ceux des Nègres idolâtres, les ſeuls qu'on vende & qui aient l'inſtitution des Abélérés, ſe nomment *Gangas*, ou *Singhillis*. [*L'Éditeur.*

luxure, ne fut originairement, qu'une loi de police, une loi contre la publicité de l'acte; la religion en-porta une autre contre son excès. Tout alait-bien jusques-là : car la publicité a des inconvéniens, tant pour la Jeunesse, non encore formée, que pour les Personnes de tous les âges. L'excès reprimé par la religion, est toujours condamnable : mais quant ensuite, outrant ces deux lois, ces Fous de l'Indoustan sont venus faire une vertu du crime du célibat ; quand ils ont, en-véritables enthousiastes, fait regarder l'acte comme un crime, on les aurait fort-embarassés, si on les avait obligés d'en-déduire les raisons ! Du respect pour cet acte saint, je sens qu'il en-faut: c'est pourquoi j'abhorre la prostitution qui l'avilit, le profane : mais j'abhorre presqu'autant la pruderie & le purisme prétendu, qui refusent absolument. La pudeur, la pudicité, ne sont au-fond que des vertus passives, de véritables abstractions;

toujours audessous des vertus actives ; ne les estimons donc que ce qu'elles valent.

Concluons ensemble, belle Ursule, de ces principes que je viens de poser, quelle est la conduite que vous avez à tenir. Ne vous méprisez pas vous-même, lorsque vous aurez cédé, en-créature raisonnable; aucontraire estimez-vous, comme ayant fait une action louable, naturelle ; comme ayant dispensé le plus-grand des bienfaits : car s'il l'est en-lui-même, il le sera beaucoup plûs de votre part, à vous, qui êtes si belle, que les délices que vous procurez, doivent-être centuples. Donnez-vous des vertus, qui étayent, aux ieux des Préjugistes, votre conduite libre de préjugés : on a toujours des vertus, quand on s'estime soi-même, & qu'on est fondée à se croire estimable. Je ne prétens pas, charmante Fille, que vous descendiez audessous de votre grade, de perfection du sexe ; aucontraire, je veux vous y maintenir, en-vous écartant de la route tortueuse & pleines d'épines, qu'a prise la prude Parangon. Elle est vertueuse, sans être heureuse : c'est une duperie. Mon but, à votre égard, c'est que vous soyiez vertueuse & heureuse : heureuse par le-plaisir ; vertueuse, en-ne-fesant que des actions louables en-elles-mêmes, estimables, obligeantes. Acquerez du crédit, pour porter votre Frère aussi-loin que son mérite peut aler...., & pour obliger tous Ceux qui vous approcheront. Déterrez des Malheureus pour les secourir........... Mais je traiterai ailleurs cette importante matière. Si mon plan réüssissait, & qu'à force de Connaissances illustres, vous montassiez... jusqu'à la Cour... (*lacune.*) quel champ vaste ! Quelle fortune pour Edmond ! Voyez le . . . (*lacune.*) Ce doit être-là, je crois, le but de tous vos desirs : c'est le terme des miens. Il vous faut, pour cela, belle Fille, acquerir le-plûs qu'il vous sera possible l'usage du Grand-monde : aussitôt après l'extinction du préjugé, vous aurez d'autres choses à détruire, des qualités à prendre. Quittez votre franchise naturelle, mais gardez-en l'air, qui va si bien à votre genre de beauté, qui la rend si séduisante ! Accoutumez-vous à contraindre vos desirs, & si vous en-avez à-présent de trop-vifs, satisfaites-les, pour connaître combien c'est peu de chose, que certains caprices, quand on peut les suivre jusqu'au-bout. Quand il n'y a plus rien à attendre d'une Femme, on la trouve dix-fois-moins belle, parceque l'imagination n'a plus rien à faire: pourquoi n'en-ferait-il pas autant d'un Homme ?

En-voila beaucoup, charmante Ursule ! Mais j'ai tant de zèle pour votre veritable bonheur, que je vous parle, comme je ne ferais pas encore à votre Frère.

Tout à vous.

P.-s. Un-jour, je pourrai bien vous donner du respect. Que n'y suis-je déja !

LXXIV.me 19 octobre.

URSULE, à M.me PARANGON.

[Derniers bons-sentimens d'une pauvre Abandonnée ; encore la passion en-est-elle le motif.]

MA très-chère Amie : La situation où je me trouve enfin parvenue, m'étonne ! Mon Fils est mort !... Quoi ! de toutes ces brillantes espérances que j'avois conçues, il ne me reste plus rien ! rien !.... Mon Frère desolé me reproche le tort que je me suis fait, comme si je le lui avais fait à lui-même : quelqu'ennuyeus, quelque-fatiguant qu'il soit sur cet éternel chapitre de ses remontrances, je ne puis m'empêcher d'en-aimer le motif..... Envérité, je me crois la dupe de quelque menée secrette ! Mais quels en-sont les Auteurs ? Qui soupçonner, à-moins que ce ne soient mes meilleurs Amis, dont les vues ont toujours été si pures ?.... Il est des inſtans où je ſuis tentée de renoncer à toute ambition, & de me jeter dans les bras d'un Épous qui me doive la fortune que jepuis lui faire: tranquile, ſinon heureuse, dans la médiocrité, je partagerais mes inſtans entre mon Mari, mon Frère, & vous. Mais je crains Edmond! Il ne veut pas entendre parler de médiocrité pour moi. Cependant, qu'ai-je à eſpérer, après la mort de mon Fils?... Vous avez vu ma douleur: elle n'avait d'abord qu'un objet, ce chèr Enfant: mais depuis, combien d'autres ſ'y ſont joints, ſans que celui-là ſoit affaibli!.......

Je n'ai plus ici que Laure, à quî je puiſſe parler de ce qui m'afflige, encore ſuis-je obligée de lui déguiser la plupart de mes ſentimens: la façon-de-penſer de cette Parente me paraît abſolument différente de la mienne. Je diſſimule, & ſouvent je parais approuver des choses que je ſuis très-fâchée qui ſoient arrivées.

Je n'ai de véritable conseil à prendre que de vous ; ceux de mon Frère sont impossibles à suivre à-présent.

Votre aimable Fanchette commence à s'ennuyer fort de votre absence : elle est ici la seule Personne dont la compagnie me plaise toujours. Edmond nous donne tous ses momens de liberté : mais s'il faut vous parler-vrai, je vois plûs de complaisance & d'amitié, que d'amour, dans les soins qu'il rend à la charmante Fanchette. Je lui en-ai touché un mot l'autre-jour. Il ne m'a d'abord répondu que par un soupir. Ensuite, il m'a dit à l'oreille, quoique nous fussions seuls : —Mes inclinations sont engajées ailleurs—. Je l'ai regardé avec étonnement! Un-instant après, je lui ai-dit : —Vous qui prétendez que dans tous mes desirs, dans tous mes goûts, je ne dois avoir que la raison pour guide, il me semble que vous ne feriez pas mal de garder le conseil pour vous. —Oh! moi! c'est

autre

autre chose, ma Sœur! j'éprouve un ſentiment invétéré, profond : dès que je l'ai eu parfaitement connu, je me ſuis dit à moi-même : —Voila un amour qui fera le deſtin de ma vie-. Il l'a fait & le fera. Gaudét ſ'agitera, ſe tourmentera, intriguera; un regard de cette Femme, détruira ſon ouvrage, ſ'il eſt contraire à ce que ce regard m'ordonnera. Je puis lui tout ſacrifier, hors mon amour. Voila mon dernier mot. Quant à m.lle Fanchette, de toutes les Jeunes-Perſonnes qui ſont au monde, & à marier, elle eſt Celle que je préférerais: c'eſt encore-là une vérité, auſſi certaine, que le Soleil eſt père du jour. —Mais que n'épousez-vous cette Perſonne, qui vous eſt ſi chère? —Elle eſt engajée. —Et vous l'aimez.... je veux dire, & vous refusez un établiſſement, qui la ſatiſferait peut-être? —Non, il ne la ſatiſferait pas. L'amour eſt clairvoyant : le mien a vu, que ſa vertu ſ'indignait de mes ſentimens, mais que ſon cœur était pour moi : oui, j'en-ſuis ſûr ; elle reſſentirait une peine ſecrette, ſi j'en-épousais Une-autre, quelle qu'elle fût-. Voila ſa réponſe, que j'ai combattue comme j'ai pu.

Ces ſentimens n'empêchent pas qu'il n'ait fait le portrait de m.lle Fanchette & le mien, en-véritable Amant, c'eſt-à-dire très-flaté. Il me jure que c'eſt comme il nous voit. Il a réellement un talent décidé : les dernières preuves qu'il nous en-a données ſont encore plus-frappantes que celles que vous avez-vues. Mais dois-je vous faire cette confidence-là ? ſi ce n'était pas celle d'un Peintre, la conduite d'Edmond ſerait inexcusable... Il a profité de certaines circonſtances, pour nous voir *ſous l'habit des Grâces*, m.lle Fanchette & moi (1), & c'eſt en-cet état qu'il nous a rendues

(1) Voyez la XXXVII.me Figure du PAYSAN.

ſur la toile. M.lle Fanchette m'a paru un chéd'œuvre. Il ne nous a pas montré ces tableaux ; nous les avons vus chés lui par-hasard, en-fouillant, par-tout, pour chercher quelque Lettre qui m'éclairât ſur ſes diſpositions. J'en-ai effectivement trouvé une, où il était queſtion de nous : j'y ai vu ſon ſecret, & j'ai découvert les tableaux : Fanchette eſt en-Hébé ; il doit vous l'envoyer, à ce que j'ai vu écrit derrière la toile : Pour le mien, j'ignore ce qu'il veut en-faire : J'avais bien envie de m'en-emparer : mais comme mon nom n'y eſt pas, qu'eſt-ce que cela me fait ?.... On dirait que je n'ai pas de chagrin, à la manière dont je traite cette bagatelle. Hélas ! faibles Mortels ! une mouche nous diſtrait, & c'eſt un grand avantage ſans-doute !

Comme j'ai formé le deſſein d'envoyer à ma Belleſœur Fanchon le récit de tout ce qui m'eſt arrivé depuis ma dernière qu'elle ait reçue, je vous l'adreſſe afin que vous le voyiez avant de le lui faire-parvenir ; je suis bien-aise qu'elle connaisse les motifs de toute ma conduite.

A ma Sœur FANCHON.

[Elle lui donne des nouvelles de son Fils, &c.]

Il y a un temps si-considérable, que je ne t'ai écrit, chère Sœur, que je crains de passer dans ton esprit pour t'avoir oubliée ! mais il n'en-sera jamais rien, je t'assure. J'ai eu tant d'inquiétudes & de soins différens, depuis que je suis ici, qu'à-peine ai-je trouvé le temps d'être à moi-même. Je suis un-peu-plus tranquile enfin ; mais est-ce un avantage, lorsque je vois échouer tous les projets qu'on avait formés, pour me procurer un établissement avantageus, & que toutes les circonstances paraissent se réünir contre moi ? C'est ce que tu vas voir par le récit que je me propose de te faire ici de tout ce qui s'est passé.

En-arrivant à Paris, ma situation

exigeait que je vécusse dans la retraite : mais pressée par mon Frere, je consentis à recevoir les visites du Marquis : C'était indiquer clairement mes intentions à son sujet. Cependant je ne lui trouvai pas d'abord un certain empressement pour le mariage. Mes Amis me conseillèrent de marquer de la fièrté : j'en-marquai beaucoup, & je m'en-trouvai bien: le Marquis parla. Ayant eu un Fils, je regardai moi-même mon mariage comme assuré. Mais il y eut alors de grandes difficultés de la part de la Famille du Marquis ; j'en-fus piquée, au-point que dans un moment de dépit, j'alai jusqu'à leur dire, que j'avais de la répugnance pour le Père de mon Fils, & que je ne l'épouserais qu'à des conditions très-dures, comme d'entrer dans un Couvent, après que j'aurais donné un état à l'Enfant, auquel seul je me sacrifiais. Cette conduite fut approuvée ici de tout le monde, à-l'exception de m.me Parangon, qui la trouva outrée, & de mon Frère qui aurait voulu que j'eusse dit oui, tout-d'un-coup. Mais je croyais devoir suivre les conseils d'un Homme plus-prudent & plus expérimenté que lui. On me demanda en-mariage. Mais on s'arrêtait aux moindres objections : & la vérité est, que jamais la Famille du Marquis n'a-eu l'intention que ce mariage se fit. La preuve en-va paraître par la suite de mon récit.

Un jour m.me la Comtesse sa Mère vint voir mon Fils. Elle me le demanda. Je lui dis mes raisons pour le garder, & elle s'y rendit. Mais quelque-temps après, elle revint à-la-charge: malheureusement mes Amis avaient agité devant moi l'importante question, si je devais confier mon Fils à cette Dame? & ils s'étaient décidé pour l'affirmative. Je le confiai donc. Il se portait à-merveille, & trois semaines après on vint m'annoncer sa mort. Edmond doute que cette mort soit vraie : moi, je desire qu'elle soit fausse : mais dans les deux cas, il est bien-dur pour moi d'être privée de mon Fils, & de perdre par sa mort, ou par sa soustraction, l'espérance d'un mariage qui aurait porté la joie dans ma Famille.... Il est une chose que j'attens encore, pour être entièrement convaincue de la mort de l'Enfant ; c'est le mariage du Marquis, que Laure vient de m'annoncer. Si ce mariage s'accomplit, je n'aurai plus à douter de mon double malheur; & comme il ne faut pas s'abandonner au desespoir, je saisirai les moyens de consolation que le sort ou mes Amis me présenteront.

Quant au Conseiller, je n'y ai jamais sérieusement compté, depuis qu'il connaît mon accident. Ainsi, je ne le regrette pas : on me marque aussi, qu'il va se marier. Je lui souhaite bien du bonheur !

Edmond me tourmente beaucoup! Ce pauvre Frère, plus-occupé de mes intérêts que des fiens, eft desolé de ce que mes deux mariages échouent. Mais je veux tâcher de le rendre plus-raisonnable & moins-ambitieus pour moi. Il continue d'être fort-lié avec le Marquis, & je ne fais-trop ce qu'il en-resultera. Je me deguise un-peu avec lui; c'eft-à-dire, que je donne à mes chagrins bien-réels, des causes conformes aux idées qu'il a de la fituation de mon cœur : mais je me laffe de cette fauffeté, toute-obligeante qu'elle eft, & je veux un de ces jours, le faire-lire au fond de mon âme. . . . .

Il vient de me dire que le Marquis eft marié!.... C'eft avec une Jeune-perfonne de la première qualité, belle, riche..... Tout eft fini de ce côté-là! mon cœur fe gonfle.... Ah! j'ai perdu mon Fils.... Edmond va vous écrire. Il doit me montrer fa Lettre.......

deux heures après.

La voila (1). Je viens de la lire..... Le Marquis est marié ?... On l'a trompé, en-lui-fesant croire la mort de mon Fils... Je ne me trouve sensible, en-ce moment, qu'à cette heureuse nouvelle! je suis encore mère...., Mais je ne dois plus rien au Marquis.... Il m'aime cependant... Il fulmine de la trompérie qu'on lui a faite !.... Il le feint peut-être.... Il ferait casser son mariage,... s'il n'avait pas d'Héritier..... Ce cruel Homme veut me tenir toute ma vie en-suspens!... Enfin la Lettre d'Edmond vous apprendra des choses bien-étranges, & m'apprend à moi-même, que mon Frère a pénétré mon secret. Mais je ne l'avouerai que pour me venger du *faible* Marquis, s'il m'aime, ou du *Perfide*, s'il me trompe. Quant au Conseiller, son mariage m'est absolument indifférent, sur-tout après

(1) La CXVI.me du PAYSAN, *T. II*, *p.* 279.

l'heureuse assurance que je suis encore mère. Adieu, chère Sœur. Je comptais faire ma Lettre plus-longue : mais je suis trop-troublée.

P.-s. à m.[me] PARANGON. Voila bien des choses, ma généreuse & tendre Amie, que j'ignorais au-commencement de ma Lettre ! Vous les voyez par celle qui est incluse dans la vôtre. Cependant, je ne vous copierai pas celle d'Edmond qui m'instruit ; elle est envérité singulière ! mais lorsque je vous reverrai, je vous parlerai d'une visite que j'ai reçue d'un Oncle du Marquis. Il s'est presque-mis à mes genous, pour me prier d'engajer son Neveu à bien-vivre avec sa Femme : il m'a dit aussi, que sa passion pour moi avait des titres si respectables, qu'il n'avait osé la condamner, lorsqu'il lui en-avait parlé, & qu'il avait feint, pour ne le pas heurter, de donner dans des maximes très-criminelles, devant mon Frère : mais qu'il les desavouait devant moi. Une réflexion me vient : si le Marquis m'aime, comme il me le paraît, d'après la visite de son Oncle, pourquoi n'a-t-il pas tenu plus-ferme ! Je crois qu'on m'a fait-commettre une grande faute, en-m'obligeant de lui marquer de la répugnance ! Si je lui avais parlé d'après mon cœur, il aurait été comblé ; jamais il n'eût épousé une autre Femme ; il aurait décidé sa Famille.... Je suis trahie ! mais est-ce par le sort, ou par les Hommes ?

Adieu, chère Bonne-amie ! mon Fils existe, & j'ai encore un cœur.

LXXV.me

24 octobre

GAUDÉT, à LAURE.

[Cet Esprit-tentateur conduit tout à la perdition.]

JE viens d'ôter le dernier azile à la *mariageomanie* d'Ursule : j'ai parlé de-façon au Conseiller, sans paraître moins-zélé pour Ursule & pour sa Famille, que je l'en-ai dégoûté. C'est à un souper chés m.r De-Ch*** : j'ai feint de boire un-peu audelà de la mesure de l'Homme prudent ; & dans cette ivresse simulée, j'ai divulgué, preuve en-main, au-moyen d'une certaine Lettre qu'Ursule t'a écrite (1), certains secrets de cette Belle. J'ai retiré adroitement ma Lettre, après qu'on en-a eu lu ce que je voulais. Le voila marié de ce matin. Il épouse une Coquette fieffée : cet Homme a une étoile qui le domine

(1) C'est la XXVIII.me de ce Recueil.

furieusement !..... Le pauvre Homme aime encore Ursule, tout-en-fulminant contr'elle; & réellement il m'a fait-pitié. Mais s'il m'avait importé que la Sœur de mon Amie se mariât, ç'aurait-été au Marquis, & non à ce petit Robineau provincial. J'écrirai demain à Edmond (1), & je le renverrai aux détails que je te fais. Tu sais comme il faudra les rendre: ma Lettre sera égarée, ou tout ce que tu voudras. Il était essenciel que je partisse! La Belle-dame nouait l'intrigue, & le mariage s'accomplissait. Que de peines! Le sort me doit un succès glorieus; il ne me le donnera pas, je l'achète. Dès-que je pourrai m'échapper d'ici, je retournerai où mon cœur & mes affaires m'appellent. Je ne crains pas grand'chose à-présent du Marquis. Que fera-t-il? Il n'enlèvera plus; & quand il le ferait? séduira-t-il? Je le

(1) La CXVI.me du PAYSAN, *T. II*, *p.* 276.

voudrais. Entretiendra-t-il ? A-la-bonne-heure. Il faut donner de la p. a. c. à ce faquin de Lagouache, nous n'avons plus besoin de ce Drole-là. Commence à le détruire dans l'esprit de ta Cousine. Les *G—ons* ne sont bons à-rien dans auqu'un cas ; à-moins qu'il n'y ait encore une vertu bien raboteuse à applanir.

P-.s. Crois-tu que nous soyions soupçonnés ? examine cela : je t'envoie un brouillon de Lettre, que tu mettras au-net, pour Ursule ; je le crois nécessaire, pour parer à tout (1).

(1) C'est la Lettre suivante.

LXXVI.me

19 octobre

LAURE,

à URSULE.

[Elle lui fait des remontrances trompeuses]

IL y a de par le monde, Cousine, des Êtres singuliers, sur-tout parmi les Jolies-femmes, lorsqu'elles sont filles à-marier! J'en-connais Une qui est charmante! c'est une Grâce, une Hébé; tu ne pourrais t'empêcher d'en-convenir, si je la nommais : mais c'est bien la plus singulière petite Créature qu'on puisse imaginer! Oubliant qu'elle est faite pour être adorée, de Divinité, elle vient de descendre au rang de simple Mortelle, & c'est-elle qui adore humblement une espèce de Beau, qui n'a pour lui que le suffrage de sa propre fatuité, joint à celui de sa très-humble Servante; (car il serait peu exact de dire sa *Maitresse*). Tu ne serais pas capable d'une pareille inconséquence, toi, Cousine?

tu ſais-trop ce que tu vaux pour cela. Mais je voudrais bien que tu connûſſe Celle dont je parle; tu lui dirais ton ſentiment, & je ſuis ſûre qu'il aurait du poids ſur ſon eſprit : il faut que je vous faſſe faire connaiſſance: j'aime beaucoup cette Jolie-perſonne, quoique très-aſſurée que j'ai peu de crédit ſur ſon eſprit; car elle eſt paſſablement orgueilleuse, ou entêtée (ce qui, je crois, eſt ſynonyme) : avec cela, elle me fait l'honneur de me croire fort-inférieure à-elle en-eſprit, en-manières, en-usage-du-monde, en-capacité pour les bons-conſeils, autant qu'en-charmes : pour ce dernier point, je le lui paſſe, elle a raison. Je ne lui diſpute qu'un article, parceque je le puis, ſans mortifier ſa vanité; c'eſt l'expérience ; je m'en-crois beaucoup-plus qu'elle ! Mais elle ſ'en-conſolera facilement, l'expérience ne va pas aux Jolies-Femmes ; c'eſt quelquefois à leur égard, un ſi-vilain mot ! j'ai

J'ai vu des Filles qui s'en-tenaient pour offensées comme de la plus grosse injure... Mais je reviens à l'Adonis. Je ne lui dispute pas non-plûs les grâces : peut-être-même lui supposerais-je de l'amour ; car la Jolie-personne est faite pour en inspirer, fût-on *Homme-plante*, *Homme-pierre* ; je lui en-supposerais, dis-je, si je ne croyais pas le cœur de ce Beau-garson, si rempli de lui-même, que je regarde comme impossible qu'il puisse y loger des sentimens pour un autre Objet, quelqu'aimable & quelque méritant qu'il fût. Il serait malheureus pour ma Jeune-amie, avec tous ses attraits & vingt ans, d'aler aimer sans l'être, elle qui a été si souvent adorée sans y répondre ! passe encore si elle avait la cinquantaine, & qu'elle eût mérité la colère de *Vénus* par une longue suite de cruautés, ou de perfidies ! Mais hélas ! elle est neuve la Belle-enfant, à un petit échec près, que lui a fait éprouver un trait perfide décoché par l'Amour. Car le petit

Traître voyant bien qu'elle ſerait invulnérable, ſ'il l'attaquait de franc-jeu, ſ'eſt avisé de ſubſtituer la force à ſes armes ordinaires, & ce Dieu ſi faible, à en-juger par ſa ſtature, qui n'emploie avec les Victimes de ſa deloyauté, que la ſéduction du plaisir, ſ'eſt avisé d'en-user avec elle comme un Hercule, ou comme un Grenadier, entré par la brêche, dans une Ville prise d'aſſaut. Ah! cela eſt-fort-mal de ſa part!..... Il paraît qu'il ſ'en-repent aujourd'hui: mais qu'elle prenne-garde! ſes douceurs ſont plus-dangereuses, que ſes violences, & je crains ici, pour elle, les premières bien-davantage!

Je ſuis très-parfaitement,

la ſimple & bonne LAURE.

LXXVII.

10 novembre.

Réponse.

[Urfule avoue fa folle paffion pour un Vaurien.]

C'EN-EST trop Coufine, & je me laffe d'être contrariée dans tous mes goûts. Je ne fais envérité, ce que tu as voulu dire ! Il eft certain que m.r Gaudét eftime m.r Lagouache, & que cet aimable Jeune-Homme lui a paru digne des fentimens que j'ai pris pour lui. Ce n'eft pas à moi, d'ailleurs, deshonorée par une violence, abandonnée enfuite de fens-froid, rejetée par une Famille, à faire tant la renchérie. Je l'aime ; le bonheur m'attend avec lui : voila mon dernier mot : & fi vous me contrariez, je fuis ici ma maitreffe, je fais le parti qu'il me conviendra de prendre. Je fuis réellement piquée ; & fi je ne repouffais la penfée qui f'eft déja préfentée deux-fois, je te foupçonnerais de ...... ce que je ne veux pas écrire, mais que je te dirais fort-bien.

LXXVIII.me

10 novembre

Replique.

[Laure eſt parvenue à ſon but, d'entêter Urſule pour Lagouache.]

DOUCEMENT! Comme tu t'échauffes, avant d'être ſûre qu'il eſt queſtion de toi! Mais ſupposons-le pour un inſtant: Eh-mondieu! aime ton Automate! qui t'en-empêche? Je t'ai dit mon avis: tu gardes le ſilence: un quart-d'heure après, tu parais furieuse!... Je t'écris en-plaisantant; tu répons par des *ſoupçons*... Je vous aime trop, pour me brouiller avec vous pour ſi-peu de chose! M.r Lagouache! ah! c'eſt un parti, ça! qu'Edmond ſera content! comme il ſ'honorera d'avoir pour Beaufrère m.r Lagouache! Il le présentera partout, mais en-lui recommandant de garder le ſilence: car entre-nous, m.r Lagouache eſt un ſot, une vraie mâchoire. J'ai envérité la plus-mince opinion de ton goût, depuis que tu t'es coîfée de ce Faraud-là : car c'est un vrai Faraud de faubourg. Tu étais en-colère tout-à-l'heure : eh-bien, moi, à-présent, j'y suis dix-fois plûsque toi, & si m.r Lagouache était-là, je lui dirais ce que je t'écris à son sujet; & s'il osait repliquer, un bon souflet sur son stupide museau, lui marquerait le cas que je fais de lui. Tu peux lui montrer ma Lettre! Mondieu montre-la-lui; tu m'obligeras. Va, si ton mariage a manqué, m.r Gaudét s'en-console : il a d'autres vues pour toi, qu'il saura faire réüssir, & qui seraient déja remplies, si tu n'étais pas d'un bégueulisme provincial, qui ressemble comme deux-gouttes-d'eau à la bêtise. Je te parle franc; c'est que je suis franche, & que j'enrage de voir-faire des sotises à une grande Fille, qu'on mène comme une Enfant, à qui l'on fait-accroire tout ce qu'on veut, & qui ne voit que ce qu'on lui montre, en lui disant, *regarde !* Oh ! que j'aurais honte, de m'être enmourachée comme-ça d'un Nigaud, d'un Balourd, d'un Pleûtre, d'un Butord, d'un Imbécile ſans talent, ſans fortune, d'un Crâne ſans cœur, ſans âme ; incapable de tout, hors du mal ! ſi c'était un Edmond, encore encore ! mais un Lagouache ! fi ! fi-donc !... Montre-lui ma Lettre, je te le répète, & crois moi jalouse après, ſi tu veux. Je te déclare que je préférerais cens-fois N'èg'ret : juge d'après cela de mes tendres ſentimens pour ta Brute !.... Je t'aime pourtant, puiſque je t'écris ainſi.

Ta Cousine LAURETTE.

LXXVIII.

15 novembre

URSULE, à LAGOUACHE.

[La voila qui se montre folle & sans retenue].

TOUT le monde est ici contre vous; je vous reste seule; mais je tiendrai-bon contre tout le monde, & sur-tout contre mon Frère, quoique je l'aime tendrement. Je viens d'avoir avec lui une *prise* très-violente à votre sujet. Tâchez de le gâgner par les moyens que vous croirez les plus-convenables: il est bon, & si vous lui montrez les bonnes qualités que je vous crois, vous-vous-enferez un Ami. Quant à mon cœur, soyez-en-sûr; il est à vous pour-jamais, & je ne vous en-aurais pas accorde la plus-forte preuve, si je n'avais une ferme resolution de devenir votre Femme. C'est ma première faiblesse: mais je ne m'en-repentirai jamais, puisqu'elle est une faveur de l'amour le plus-tendre. Je dois écrire à mes Parens, non pour avoir leur aveu, que peut-être ils refuseraient, mais je leur parlerai dans ma Lettre d'un établissement qui se présente pour moi. Nous-nous servirons de leur consentement déja donné, dès qu'ils m'auront fait une Réponse à-peu-près selon mes vues. Si tout s'oppose à mes desirs, vous savez ce que je vous ai promis; je le tiendrai. Adieu, mon chèr Amour: je n'aimerai jamais que toi.

P.-s. Viens ce soir à minuit (1).

---

(1) O! l'Infortunée! à quelle corruption la voila descendue! Elle donne un rendévous criminel, sans se souvenir ni de Dieu, ni de son honneur, ni de ses Père & Mère, ni de tous ses pauvres Frères & Sœurs qu'elle deshonore! ni de sa digne Amie, qu'elle trompe hypocritement!.....

LXXIX.me

LXXIXme. 10 novembre

URSULE.

à FANCHON.

[Elle tâche de gâgner ma Femme par des discours trompeurs.]

GRACES au Ciel, ma chère Sœur, après toutes mes peines, je respire enfin, puisque le Marquis & le Conseiller sont mariés tous-deux! je n'y pense plus. Il n'y avait pas que ces Partis-là dans le monde: peut-être n'est-ce pas en-épousant des Gens, qui se croient audessus de nous, qu'on peut espérer de vivre heureus en-ménage; j'ai toujours ouï-dire, que la douce égalité assortissait bien-mieux. C'est le cas où je me trouve, & je t'avouerai, que je préfère un Mari, auprès duquel, je n'aurai pas toujours le rôle d'une obligée: il me semble qu'il n'y a rien de si-fatiguant, à-la-longue, que ce rôle-là, & qu'il suffit seul, pour rendre une Femme très-malheureuse,

Je trouve ici un jeune Peintre, ami de mon Frère, estimable, rempli de belles qualités & de talens, auquel je desirerais de m'unir, si c'est, comme je le pense, le bon-plaisir de nos chèrs Père & Mère. Il se nomme m.r Lagouache, & il est de très-bonne Famille.

Je te dirai, que ma rupture avec le Marquis ne les a pas brouillés mon Frère & lui; loin de-là, ils se voient tous les jours; & comme mon Frère demeure à l'étage audessus de moi, il ne s'en-passe guère que je n'aie leur visite. Je me conforme à l'usage du Grand-monde, avec le Marquis, & je lui parle, comme s'il n'était rien arrivé entre nous. De son côté, il me débite des galanteries d'usage, & qui ne signifient rien; je les reçois avec des expressions de la même valeur: mais comme il est le plus-riche & le plus-puissant, il s'avance quelquefois davantage, & il me disait un de ces jours: —Croyez, Mademoiselle, que s'il avait dépendu de moi, vous seriez mon épouse, & que sans la tromperie qu'on m'a faite, en-me persuadant la mort de mon Fils, jamais je n'aurais eu la complaisance de me conformer aux vues de ma Famille. Dans le fond, je sais tout ce que je vous dois: la moitié de ma fortune ne m'acquitterait pas avec vous: Aussi, brûlé-je d'envie de faire pour vous tout ce qui dépendra de moi. Je voudrais que vous eussiez un carrosse, un domestiq, une maison. Je puis, sans déranger mes affaires, mettre à cet objet, soixantemille-francs par an, & vous m'obligeriez de prendre ce train-de-vie, qui vous convient, comme à la Mère de mon Fils. Car certainement, si je n'en-ai pas d'autre, ou que mon Epouse ne me donne que des Filles, il sera mon Héritier, & j'aurai pour cet effet recours à la bonté du Prince. Il n'y aura aucun obstacle à-craindre du côté ma Famille; car mon Père &

mes deux Oncles ſont dans les mêmes ſentimens ; je ſuis le dernier Mâle de ma maison. Ainſi, je voudrais que vous priſſiez dès-à-présent un ton, qui indiquât que la Mère de mon Fils eſt une Femme du premier mérite. Votre beauté ne vous donnera que des Admirateurs, & aucun Détracteur, après vous avoir vue, n'osera ouvrir la bouche, vous êtes ſi parfaite en-appas & en-grâces, que ſans avoir les puiſſantes raisons que j'allègue, ſans amour pour vous, ſans desirer de retour de votre part, je vous offrirais encore les mêmes choses, pour mettre dans un jour digne d'elle une Femme propre à faire l'ornement de la Société, lorſqu'elle voudra ſ'y montrer–.

Il fait plûs; il me preſſe, il preſſe mon Frere d'accepter ces propositions. Mais je ne vois pas que je doive le faire ; du moins juſqu'à ce qu'il y ait lieu de croire que le Marquis n'aura pas d'autre Fils : Car pour-lors, comme il le dit, ce ne ſerait pas de lui que je recevrais, ni pour lui que je brillerais ; tout cela n'aurait que mon Fils pour objet. Un Enfant de ce rang-là, ſ'il obtenait celui de ſon Père, mériterait, exigerait même que ſa Mère eût un train convenable, & qu'elle ne demeurât pas dans une obſcurité dont il aurait à rougir. Tout-cela me met dans un furieus embarras ! D'un côté mon cœur me ſollicite pour un établiſſement où je ſerai tranquile, mais privée de mon Fils : de l'autre, je vois l'aisance, une vie diſſipée, bruyante même, qui n'eſt pas ſans attrait, mais qui pourrait offrir un côté desavantageus aux ieux des Critiqs ſévères. Je crois que pour éviter les dangers de toute eſpèce que je prévois, il vaudrait mieux me marier. Je te prie, chère Sœur, d'entoucher un mot à nos bons Père & Mère, & de les engajer à m'envoyer leur aveu, pour m'en-ſervir, en-cas d'un avantage réel à mon égard, & de l'avis de mes Amis.

LXXX.me

1 er. décembre.

Réponse.

[Ma Femme expose les présentimens de nos Parens sur les malheurs qui menacent Ursule & Edmond.]

VOS deux dernières Lettres, chère Sœur (1), dont une m'est venue par renvoi de m.me Parangon, ont été vues de mon Mari, quoique ce ne fût pas mon intention. Je ne saurais quevous témoigner le plus grand chagrin de tout ce que vous arrive, ma très chère Sœur, & dela tournure de vos affaires; & il est certain que si ça venait à la connaissance de nos chèrs Père & Mère, ils en-seraient bien-marris! mais nous comptons bien de le leur cacher, en-leur lisant nous-même les Lettres, & passant tout ce qu'il y aurait de plus-chagrinant: Espérant, qu'avant que tout-

(1) Ces deux Lettres annoncées comme retrouvées, dans la CXX.me du PAYSAN, *T. II, p. 296*, sont la précédente, & celle qu'on a lue dans la LXXIV.me Lettre du présent Recueil.

ça se découvre à leurs ieux, il y aura quelque bonne-nouvelle températive du mal par le bien. Et d'abord ils n'approuvent pas votre inclination pour m.r Lagouache, & ils enchargent mon Mari de le marquer au chèr Frère Edmond; auquel il enjoignent de s'y opposer en-leur nom. Par-ainsi, ma très-chère bonne-amie-Sœur, c'est une chose à quoi vous ne pouvez plus bonnement penser. Quant-à l'égard de ce que vous me marquez de m.r le Marquis, ce sont-là choses à quoi nous ne nous entendons auqu'unement mon Mari ni moi; si ce n'est que ça ne nous paraît pas bon; & votre Frère aîné a làdessus des doutes qui le tourmentent jour & nuit; sans pourtant oser juger que ça soit du mal. C'est ce qui fait qu'il écrit en-grand attendrissement de cœur au chèr Frère Edmond (1); car il l'a serré, &

(1) La cxx.me du PAYSAN, *T. II, p.* 236.

moi auſſi, chère Sœur; & nous-ſommes comme en-crainte tous-deux de quelque grand malheur qui vous pourrait bien arriver à l'Un ou à l'Autre, ou à tous-deux. Et je vous prie donc, chère Bonne-amie-ſœur, ainſi que le très-chèr Frère Edmond, par la révérence que tous tant que nous ſommes devons à la vieilleſſe de nos bons Père & Mère, de prendre bien-garde à ne pas leur donner des chagrins, qui deviendraient mortels à leur âge; & tout-au-contraire, de ne chercher que ce qui peut les flater & leur faire-plaisir. Hièr, chère Sœur, notre bon Père était debout ſur la porte du jardin, rêveur & penſif; & notre bonne Mère le regardait. Et elle me dit: —Fanchon, votre Père me paraît reveur & penſif; & ſi crois-je que je viens de voir une larme couler de ſes ieux-? Mon Mari était-là. A ce mot, il ſe lève & court à ſon Père; & le voyant ne ſe pas remuer, quoiqu'il s'approchât tout-près, & que la larme coulait, il s'est tenu arrêté, attendant que son Père lui parlât, alant revenant & rôdant autour de lui. A-la-fin, il l'a vu, & il lui a dit : —Mon Fils, en-cette même place, je viens d'avoir en-pensée, qu'un malheur menaçait mes Enfans qui sont à Paris. C'est un mot des Lettres d'Ursule qui me l'a fait venir : Tu m'as lu, qu'on lui offre *soixantemille-livres par année!....* O mon Fils! il y a un nuage entre ces deux Enfans-là & moi, qui me cache leur malheur arrivé, ou prêt à arriver. —Non, non, mon Père, a-dit Pierre ; il n'y a que ce que je vous ai lu de vrai. —Mais tu ne le saurais pas, mon Pierre! —Si-fait, mon Père; ou l'Un ou l'Autre écrivent, tantôt à ma Femme, tantôt à moi —Mon Fils, voi cette place ; elle me tire souvent des larmes! c'est-là où j'ai, il y a cinq ans, donné des instructions à ton Frère, avant que de l'envoyer à la Ville ; & c'eſt en-la même place, que j'ai parlé à Urſule, un an après, lui recommandant la ſageſſe & l'honneur, avec la ſainte crainte de Dieu : O mon Fils ! ton Frère & ta Sœur ont-ils conſervé l'honneur & la ſageſſe, avec la ſainte crainte de Dieu !... Hélas ! hélas ! que je crains qu'en-les voulant avancer, je ne les aie envoyés à leur perdition !...... Et ſes larmes ont coulé. Mon Mari l'a embraſſé au-milieu du corps, en-lui diſant : —Mon très-honoré Père, calmez vos paternelles douleurs ! Edmond eſt bon Fils & bon Frère, & il conduira la jeuneſſe d'Urſule : & moi, de ma part, je vous promets de leur écrire tendrement, pour encore les y exhorter : Car vous ſavez, très-chèr Père, que ſ'ils vous honorent, reſpectent & chériſſent, comme auteur de leur vie, après Dieu, dont vous êtes le Lieutenant à-notre égard ; ils m'aiment, moi, comme leur Aîné, &

votre Lieutenant : & jamais ni l'Un ni l'Autre ne m'a volontairement contrifté ; car ils favent qu'ainfi que je refpecte Père & Mère dans leurs faintes & refpectables Perfonnes, ainfi les aimé-je plus-familièrement dans Chaqu'un & Chaqu'une de mes Frères & Sœurs, & fur-tout en-eux-deux, la paternelle & maternelle Reffemblance : Par ainfi, très-chèr Père! accoifez-vous, & vivez en-lieffe au-milieu de vos refpectueus Enfans. —Pierre, a dit le Vieillard, mes jours f'avancent, & je fuis déja au nombre des Anciens: je ne demande qu'à defcendre en-paix dans le tombeau de mes Pères : mais il m'était-avis tout-à-l'heure, que j'y defcendrais avec amertume! —Dieu le détourne, mon Père! a crié votre Frère-aîné ; & ça ne fera ni par Edmond, ni par Urfule, ni par auqu'un de nous, très-chèr Père-! Et ils n'ont plus rien dit : mais ils f'en-font venus à la maison, le Fils foutenant fon Père, qui paraiffait plus-calme. Vous voyez par ce petit récit, ma très-chère Sœur, tout ce que vous pourriez donner de joie & de contentement à ce bon Père, ainsi qu'à notre si-bonne Mère ! qui, tous les jours parle de vous, comme si elle n'avait que vous de Fille : C'est, dit-elle, qu'elle voit les Autres, & que ses ieux nous parlent ; mais qu'elle ne vous voit pas, & qu'il faut bien que sa langue fasse-mention de vous, puisqu'elle ne vous voit, ni ne vous entend. Consultez-vous donc avec le chèr Frère Edmond, pour voir ce qui pourra être le mieux, afin de complaire aux chères Persones.

LXXXI.me

12 décembre.

URSULE.

à LAGOUACHE.

[Elle lui annonce qu'il n'est pas accepté de nos Parens, & qu'il peut l'enlever.

LE refus de mes Parens est absolu, mon chèr Amour : il faudra en-venir à ce que nous avons projeté. Je ne suis inquiète que du chagrin que je vais causer à mon Frère. Il faudra que je disparaisse seule, afin qu'on n'ait auqu'un soupçon à ton sujet : car mon Frère est terrible dans ses premiers momens. Si je n'étais pas brouillée avec Laure, à-cause de toi, j'aurais recours à elle : mais il n'y faut pas songer....... J'aurais pourtant envie de la sonder adroitement, sans me découvrir. Je vais lui écrire. Il faudrait nous tenir à-portée de donner de mes nouvelles à mon Frère, si l'on voyait que cela fût nécessaire :

car je le connais. Prépare tout : l'argent ne te manquera pas. Il n'y a qu'à louer dans la Cité, chés cette Femme de la rue *du-Haut-moulin* : c'eſt un quartier perdu, dont les rues ſont un labyrinthe, où rien n'eſt de ſi-aiſé que de ſe dérober aux ieux des Curieus, & des Eſpions, ſi l'on eſt ſuivi. Tu vois, Bon-ami, combien tu m'es chèr, puiſque rien ne m'arrête : Père, Mère, Frère (& tu ſais ce que c'eſt qu'un Frère comme Edmond !) je te ſacrifie tout. On n'eſt pas digne d'aimer & de l'être, ſ'il eſt quelque-chose dans le cœur qui balance l'Objet aimé. Il faut être tout à lui, & que notre vie, notre honneur ne nous ſoient pas plus-chèrs, que ſon honneur & ſa vie. C'eſt dans ces ſentimens que je t'embraſſe.

Adieu.

LXXXII.me

même jour.

La Même,

à LAURE

[Elle feint de lui demander conſeil.]

MA chère Couſine : J'ai ſi peu de rancune, ſur-tout avec les Perſonnes dont je ſais que je ſuis aimée, autant que je les aime, que tu vas être mon conſeil, en une circonſtance bien-ſcâbreuse! Il ſ'agit de mon mariage, avec ce m.r Lagouache, que tu n'aimes pas, & que j'aime beaucoup. Je pourrais profiter du conſentement que j'ai ici, & c'eſt ce que je me propose: on fera caſſer le mariage après ſi l'on veut: mais alors je n'en-aurai pas-moins le droit de vivre avec lui, & de le regarder comme mon véritable Épous: tu ſais que dans ces occasions, nous ſommes auſſi autorisées à marquer de l'attachement pour l'Homme auquel nous-nous ſommes déja données, qu'il nous eſt indécent de le faire dans une autre position. Parle-moi vrai, & ſans auqu'une prévention : Que me conſeilles-tu ? Pèse, je t'en-prie, les choses avec impartialité : J'aime, je ſuis aimée : les conditions ſont égales : Je ſerai la bienfaitrice de mon Mari : Or tu ſais que dans ces occasions, l'autorité nous eſt entièrement dévolue ; & laiſſe-moi faire, je ſuis Femme, & je ne cèderai pas mes droits. Il y a trois mille-ans, de compte-fait, que les Femmes plus-riches que leurs Maris, les font trembler ; je le lisais l'autre jour dans les *Comédies de Plaute*, qu'a ſi mauſſadement défigurées ce faquin de *Gueudeville*. Or, la comédie eſt la peinture des mœurs. Tu vois ~~que~~ je ſerai heureuse, beaucoup-plûs que ſi j'euſſe épousé le Marquis, ou le Conſeiller?.... J'attens bien-ſérieusement ton avis pour me décider.

Ta tendre Amie-cousine, URSULE R**.

*LXXXIII.*me

LXXXIII.me

même jour.

Réponse.

[Elle lui répond d'après les vues de Gaudét, qu'elle savait.]

J'IRAIS t'embrasser, chère Amie, aulieu de te répondre par-écrit, si je n'étais pas retenue chés moi pour la maladie de ma Mère : mais je ne veux pas que ma réponse en-soit différée. Le parti de te marier, avec le consentement donné pour Un-autre est mauvais, absolument mauvais : & pour te marquer qu'il n'y a auqu'une animosité dans ma façon-de-voir, je vais te donner un autre conseil, qui ne te flattera pas moins. Disparais avec Lagouache, & force ton Frère à faire ton mariage, par cette démarche hardie ! sur-tout, aie soin qu'il ne puisse pas douter que tu es avec lui, & que tu as tout accordé. Voila mon avis. Je t'aime de tout mon cœur.

LAURE.

LXXXIVme 13 décembre.

LAURE,

à GAUDÉT.

[Cette Lettre, par son langaje, découvre la trame de Gaudét.]

URSULE sort de chés moi : D'après un conseil que je lui avais donné par-écrit, elle est venue me voir : elle va disparaître avec Lagouache ; n'est-ce pas ton avis ! Mais il me semble que cela pourrait nuire aux vues sur le Marquis, & aux projets que tu formes ? Il est nécessaire que tu sois bientôt ici : car, à parler-vrai, je ne vois pas le fin de tout cela. Elle en-est folle, & je crois que tout est dit entr'eux. N'était-ce pas-là tout ce que tu prétendais ! Va, je te répons qu'elle est assés agguerrie à-présent, pour recevoir tes insinuations ! il ne s'agit plus que d'éteindre cette passion, ce qui, je crois, ne sera pas difficile. J'ai vu son

Automate ; il y travaille lui-même ; car il la traite fort-lestement ; mais l'expression est impropre, c'est grossièrement qu'il falait dire. Elle en-rit, & regarde cela comme des naïvetés charmantes. Il est avantageus qu'elle en-rie ; car si elle les prenait sérieusement-bien, elle serait plus-éloignée de sa guérison : mais elle les sent, puisqu'elle en-rit, autant peut-être pour les excuser aux Autres qu'à elle-même. Je deviens profonde, comme tu vois, depuis que tu m'as appris à chercher les causes de tout. Maman va-mieux, sans être bien. Moi, je m'ennuie : les Amis d'ici ne sont pas recréatifs, avec tout ce qu'il faudrait pour l'être. Edmond, par-exemple, sera charmant, quand il n'aura plus d'inquiétudes pour sa Sœur. Tire-le de ce mauvais pas. Réponse, & viens ; à-moins que tu ne fusses aussitôt arrivé qu'une Réponse.

LXXXV.me

10 décembre.

Réponse.

[Gaudét n'eſt pas toujours le maître d'arrêter, où il veut, le mal qu'il fait.]

Je répons, & j'arriverai dans peu. Il ne faut pas que l'eſcapade d'Urſule avec Lagouache ſ'effectue, mais qu'elle ſoit prête à ſ'effectuer, & qu'Edmond averti par toi, en-empêche. Inſtruis-le par un mot d'écrit, à-l'inſtant où Urſule ſera ſur-le-point de ſ'évader. Si c'était un enlèvement qui n'eût pas ſon aveu, à-la-bonne-heure, cela ferait notre affaire dans un ſens. Juſqu'à-ce moment, tout va ſelon mes desirs; mais voici la crise! J'eſpère que tout ira bien. J'écris au Marquis: cela vaut peut-être mieux que de lui parler, & je tâcherai de tirer parti de mon abſence. Du côté de ce Seigneur, à-présent qu'il n'eſt plus queſtion de mariage, un-peu plûs ou moins d'honnêteté, ou de vertu comme tu voudras, n'eſt pas une chose à laquelle il regardera: Pourvu que Lagouache ſoit expulſé, & qu'Urſule lui reſte, il ſera content. Or je connais Lagouache, & je ſuis ſûr qu'il donnera dans le piége que je lui fais-tendre par le Marquis. J'écris auſſi à Edmond, & tu feras-rendre ces deux Lettres, après les avoir lues.

P-.ſ. Je travaille beaucoup! j'ai de grands deſſeins, & je ſuis ici avec des Hommes qui peuvent les faire réüſſir. Que de choses ſur le tapis! je ſouffre loin de vous-tous, mais à peine ai-je le temps de ſentir que je ſouffre (1).

(1) J'ignore de quoi il veut parler: on était alors à la fin de 1752.

LXXXVI.me

même jour.

GAUDÊT.
au MARQUIS DE-**.

[Il veut perdre Ursule tout-à-fait.]

MONSIEUR:

A-L'INSTANT où vous recevrez ma Lettre, vous serez fort-agité, sans-doute, & vous croirez qu'Ursule est perdue? C'est tout le contraire. Il n'est pas possible qu'une Fille-d'esprit comme elle supporte deux-jours de-suite le tête-à-tête d'un Lagouache; faraud du dernier ordre, brutal, & capable, au-bout de vingtquatre-heures de la traiter en-*Fille*. Ursule est à vous, après cette escapade, si vous savez vous y prendre. Mon conseil serait, qu'après avoir découvert la Fugitive (ce qui ne sera pas difficile), vous la fissiez cacher avec son Frère dans une pièce, d'où elle pourrait entendre la proposition suivante, faite par vous à Lagouache

(1) : —Ah-ça, mon Ami, tu ſais que j'aime Urſule : il ſ'agit de me la céder : que ce ſoit entre nous une affaire de finance-? Le Sot vous repondra quelque bêtise, mais ſûrement desagréable à Urſule, que la baſſeſſe révolte, parcequ'elle a l'âme haute & fière. S'il ſe fait-valoir, & qu'il vous dise l'équivalant du du mot de Pécour (2), ſerrez lui le bouton, & vous verrez bientôt le plat Perſonage en-venir à tout-ce que vous exigerez. Il faudra que la manière dont il vous cédera Urſule, ſoit bien-inſultante pour elle. Quand tout-cela ſera fait, montrez les plus-belles, les plus-généreuses diſpositions ; & vous aurez enfin à ſouhait une Fille parfaite, autant que Femme peut l'être. Vous ſavez nos

(1) Voyez à ce ſujet, la XXXIX.me Figure du PAYSAN.

(2) Le Comédien Pécour, favori de Ninon, répondit au Comte de Choiseuil : —Je commande un Corps, où vous ſervez.

conventions pour le Frère : c'eſt un Jeune-homme capable de tout : il faut le pouſſer. Jai changé d'avis pour le Militaire : cela aurait été bon, ſi vous euſſiez fait la folie du mariage avec ſa Sœur ! il aurait bien-falu illuſtrer votre Paysane par ce brillant Jeune-homme ; car il aurait fait ſon chemin, je vous le jure : mais le Frère de votre Maitreſſe ſerait déplacé, où votre Beaufrère aurait été vu de bon-œil. Je penſe à la robe. C'eſt une autre carrière qui a ſes Illuſtres, & ſur-tout un pouvoir, qui m'a ſouvent tenté : cela eſt ſans prétenſion, & il n'y aura pas de déboire à craindre.

Pour revenir à Lagouache, je lui écris, ainſi qu'à Edmond. Je ne veux rien laiſſer à faire au hasard, & j'ai pour maxime ce beau vers de Lucain, cité par Voltaire, comme valant ſeul un Poème-épiq :

Nil actum reputans, ſi quid ſupereſſet agendum(1).

(1) Penſant n'avoir rien fait, s'il lui reſtait à faire.

Nous

Nous voila dans la crise : ne perdons pas courage : quelques égratignures de-plûs que recevra la Belle ne la déchireront pas.

Je suis avec une respectueuse considération, Monsieur le Marquis,

Votre &c.a

P.-s. Je ferai ensorte, au-moyen de mes intelligences avec Marie, la Nourrice, de prévenir tout ce qui pourrait blesser en-rien votre délicatesse. Comptez-là-dessus (1).

(1) On verra comme le Marquis pouvait y compter ! Gaudét trompe tout le monde.

LXXXVII.me

même jour.

Le Même,

à EDMOND.

[Le Corrupteur fait ſervir tout le monde à ſes méchantes vues.]

IL eſt certain, mon Ami, par ce que j'apprens ici, que ta Sœur aime Lagouache: mais il ne l'eſt pas moins que tu dois être inébranlable dans ton opposition. Je ſais que tes Parens t'ont donné pleinpouvoir à ce ſujet, & que loin d'envoyer leur conſentement, ils ont écrit tout le contraire: j'ai-fait-prendre des informations auprès de ton Frère-aîné. Pour que la défenſe ſoit plus-efficace, notifie-la un-peu plus-fermement qu'à-l'ordinaire: on dirait, quand tu parles à Urſule, que tu es un de ſes Adorateurs! Si malgré tout-cela, elle ſ'obſtinait, & qu'il arrivât quelque-choſe de décisif, il faudrait employer le Marquis, pour avoir raison de ce Lagouache. Mon avis ſerait qu'on le tentât, pour lui faire abandonner Urſule, & qu'elle fût témoin ſecret de cette lâcheté. Tu ſens qu'après cela, notre plan doit ſ'exécuter, afin d'ôter à ta Sœur cette fureur du mariage, que vous avez tour-à-tour; à-moins que ce ne fût ton avis, qu'elle ſe mariat au Premier-venu.

La Belle-dame vit à Au** dans une retraite abſolue : elle ne voit Perſone, pas même ſon Mari (dit-on). Quant à lui, je le trouve très-changé. On le dit atteint d'une maladie dangereuse. J'ai vu la Petite *Edmée-Colette* à-l'inſu de ſa Mère : c'eſt une charmante Enfant! ſi elle a le cœur fait comme tous les Enfans-d'amour, que de félicité elle promet à ſes Adorateurs futurs! . . . . . . On ignore parfaitement le myſtère de cette maternité, comme tu penſes! c'eſt la Fille d'une Amie de Paris, qu'on nomme m.me *Monded* : ne connaîtrais-tu pas cette Dame-là? J'admire comment la prudente Parangon a riſqué cet anagramme!

Mais voila ce qu'on gâgne à bien établir sa réputation d'abord : quelque mechant que soit le monde, il ne soupçonne jamais le mal, quand notre conduite, notre caractère ou nos discours n'en-ont jamais donné l'idée. C'est une petite observation que j'ai-faite quelquefois à nos belles Calomniées, qui vont par-tout étalant leurs grandes douleurs. Je demandais un-jour à la jolie *Vill***, avant sa petitevérole : —Mais d'où-vient donc cet acharnement contre vous ! Car enfin, labeauté concilie les cœurs & ne les aliène pas? —Vous-vous trompez, me répondit-elle ; les Femmes la jalousent, les Hommes cherchent à l'humilier, parce-qu'elle nous met trop audessus d'eux. J'ai même observé plûs de joie sur le visage de certains Hommes, lorsqu'on dénigrait devant eux une Jolie-femme, que sur celui des Femmes elles-mêmes. —Cela est très-bien-vu, Madame : Mais dites-moi, l'avanture avec m.r D** eſt elle-vraie? —Non certainement! —Je le crois : mais n'avez vous jamais été en-tête-à-tête avec lui? —Si, plusieurs-fois. —Eſt-il vrai qu'un jour votre Mari ait écouté à la porte, & qu'il ſoit rentré furieus? —Oui : mais il avait tort : Un Homme dit toujours des douceurs à une Femme, & je ne pouvais en-empêcher. —Eſt-il vrai qu'une autrefois, il vous preſſait du genouil en-jouant, au-point que la table fut prête à ſe renverſer, & qu'une Dame ayant levé le tapis . . . . . —Oui, mais tout-cela prouve qu'il m'aime, & non que je l'écoute? —Votre main était ſous la table? —Elle était ſur mes genous: —Ce n'eſt pas ce que dit la Dame : mais qu'y fesait-elle, ſur-vos genous? les deux mains ont affaire ſur la table quand on joue aux cartes? —Oh! vous épiloguez ſur tout! —Vous voyez, Madame, qu'on n'a point parlé ſans en-avoir ſujet; le ſujet eſt faus, je le veux; mais il a quelqu'apparence.

Ne ſavez vous pas, que m.^{me} P****, qui eſt aujourd'hui deshonorée, n'en-a pas fait d'avantage? ſon Mari ſortait, la laiſſant avec m.^{r} *D-mej*; il ſ'arrêta ſur l'eſcalier; il entendit aubout de trois minutes tomber la mule de ſa Femme, ſur le parquet, comme ſi Quelqu'un avait enlevé le corps à une certaine hauteur: il rentra, & avec la modération d'un Mari indigné de ſe voir préférer un Mâgot, il ſe contenta d'empêcher la concluſion. —Remettez-vous, Monſieur, dit-il au Galant: & vous, Madame, ſoyez prudente. Il fit enſuite ſortir le Galant, & ne dit pas un mot de-plûs à ſon Épouse. Mais une malheureuse Femme-de-chambre était témoin de la ſcène; toute la Ville l'a ſue, & m.^{me} P**** paſſe pour une **-. Je reviens à la Belle-prude m.^{me} Parangon: elle a eue la plus-grande attention à ne jamais donner-priſe ſur elle; voila pourquoi il n'y en-a aucune. Contente, lorſqu'elle a eu dans ſa maison ſon obſcur Adonis, elle ſe livrait à la douceur de l'aimer, sans que Perſone en-jasât, ſ'en-doutât: eh! qui ſe fût alé-imaginer, qu'un jeune Paysan, ſans usage du monde, dont le mérite, tout-réel qu'il était, ſe cachait ſous une groſſière envelope, captivait la plus-belle Femme de la Ville? Celle qui fuyait tous les hommages, & même tous les Hommes? Une véritable paſſion, comme la ſienne, eſt la ſauvegarde la plus-ſûre de l'honneur, quand une Femme a le bonheur d'avoir affaire à un Jeune-homme modeſte..... Je te ſers à ton goût, en-te-parlant de la Belle-dame. Mais c'en-eſt aſſés. Revenons à Urſule.

Tout ce qui ſe paſſe ne m'ôte auqu'une de mes idées pour l'avenir; aucontraire; & ſ'il faut te parler vrai, je ne ſuis pas fâché que ta Sœur use un-peu ſon cœur; c'eſt un état que celui de l'amour, par lequel il faut paſſer tôt ou tard: c'eſt une douce erreur à vingt-ans; c'eſt une impardonnable folie à quarante. J'ai connu de ces Dragons de-vertu, qui tant qu'elles ont été aimables & Jeunes, rebutaient tous les Adorateurs : c'eſt qu'elles voyaient bien qu'il leur en-reviendrait Deux, pour Un qu'elles renvoyaient, & elles ſe reservaient tout-bas la liberté de choisir : mais quarante ans ſont venus avec cette coquetterie ; les Amans ont diſparu ; il n'y a plus eu de chois à faire : alors, mes Folles ſe ſont épriſes d'un Jouvençau, qui brûlait d'un feu-de-pâille, qu'elles ont payé pour les tromper, & qui les a trompées. Si donc ta Sœur n'a pas encore eu la petite vérole de l'amour, qu'elle l'aye : c'eſt mon avis.

P-ſ. Il reſte entre les mains d'Urſule un certain conſentement de tes Parens, dont il faut te ſaiſir par-précaution.

LXXXVIII.me même jour.

Le Même,

à LAGOUACHE.

[Gaudét se sert aussi du Fat qu'il méprise.]

PUISQUE vous avez le bonheur d'être aimé d'Ursule, MONSIEUR, c'est la servir sans-doute, que d'entrer dans vos intérêts. Vous savez que j'y suis depuis longtemps : mais en-cette occasion sur-tout, je dois vous en-donner des preuves. Il s'agit de rendre heureuse la Sœur de mon Ami : Pour cela, il faut que vous la connaissiez parfaitement. M.lle Ursule est une Fille haute, capricieuse, inconstante, & plus-inconséquente encore. Il faut la matter pour son propre avantage, autant que pour le vôtre, & lui montrer ce que vous êtes, dès avant le mariage : car si vous attendiez après, & qu'elle se crût trompée, elle ne manquerait pas de moyens, pour secouer le joug, & de Protections pour vous faire punir ; outre que moi-même je prendrais alors son parti contre vous. Songez-donc à vous conformer à ce que je vous prescris. Si vous l'avez réellement subjuguée, elle ne vous en-sera que plus-acquise ; si vous n'avez fait sur elle qu'une impression légère, vous éviterez le malheur d'être un-jour renfermé, dans le cas où vous viendriez à lui déplaire. L'intérêt que je prens à vous, m'engaje à vous présenter les choses sous leur vrai point-de-vue. Je vous conseillerais de lui faire-faire quelque démarche décisive, comme de quitter la maison de m.me Canon, pour aler avec vous : sur-tout disparaissez avec elle, pour qu'il n'y ait pas de doute : ces démarches inconsidérées de sa part, feront un-jour des armes contr'elle entre vos mains. Marquez-moi, & sur-le-champ, à quel point vous en-êtes avec elle. Il ne serait pas mal non-plus que vous écrivîssiez une Lettre adressée à Elle, mais qui tombât en-d'autres mains, comme dans celles de m.lle Laure, par laquelle vous paraîtriez vous faire-presser au sujet de l'enlèvement, ou de la fuite, comme vous voudrez. J'espère que vous vous conformerez en-tout aux avis de Votre affectionné.

P-.s. Renvoyez-moi ma Lettre. Le conseil que je vous donne est de la plus-grande conséquence: soit de ma part, soit de celle d'Ursule. Vous connaissez ma prudence, & mon pouvoir.

LXXXIXme.
URSULE,
à LAGOUACHE.

[Elle lui donne rendévous pour l'enlever.]

TROUVE-TOI ce soir avec un carrosse à la porte de la maison : je descendrai sans bruit, entre dix, onze heures, ou minuit; mais soit prêt dès les dix heures. Mon Frère s'est emparé, il n'y a qu'une heure, du consentement de mes Parens, & il n'y a pas espérance de le ravoir de ses mains. Il y a toute apparence qu'il venait de recevoir une Lettre, que je soupçonne de chés nous, de m.r Gaudet, ou de m.me Parangon. Peut-être que demain il ne serait plus temps. J'emporterai avec moi ce que j'ai de plus-précieus. Sur-tout ne manque pas!

A ce soir, mon Ami.

X C.me même jour

Réponse.

[Il répond d'après la Lettre qu'il a reçue de Gaudet.]

FOIN des Fames depui que je te connes jé plu decaſſetete qu'an toute ma vie vla quinz jour que tu me tourmante pour tanlevé ma foi anleve toi toi maime jé bel afaire dalé me faire des affaires acose de toi i lais vrai que je teme mes on a bo emer les jans cant ilia du riſque ſerviteur inci giré ſi je peu ou ſinon je niré pa ces bin drol qui falle faire tout ce que tu veu i fot faire oci un peu ce que je veu moi é jeſpaire que tu le fera cant nou ceron marié mes tais ſi joli qui fo bien te pardoné inci giré a leure dite mes ne me fet pas croqué le marmo pandan deuz heures o moins je t'embraſſe

LAGOUACHE.

P-ſ. de Laure, à laquelle cette Lettre fut remise :

Je viens à-l'inſtant de recevoir une Lettre de m.r Lagouache, qui m'eſt adreſſée, ſous envelope, pour que je te la faſſe parvenir, chère Cousine : je l'ai copiée exactement dans ſa belle orthographe, car je garde l'original, pour le montrer à m.r Gaudét, & le faire rougir de ſon Protégé. Je te demande pardon de cette petite liberté : mais il y a envérité pour rire de ton Chois ! ton goût pour les Beauxeſprits, eſt décidé ; te voila Ninon ! Adieu. Tu me ferasſavoir de tes nouvelles, j'eſpère ? Je garde tous les ſecrets qu'on me confie ; je divulgue tous ceux que j'attrappe.

XCI.ME

même jour.

LAGOUACHE, à PASTOUREL, *son Ami.*

[Il montre sa bassesse & sa poltronnerie.]

MA foi cet a se soir que je la quiens com sa sera la nuit é con ne set pas se qui peut arriver trouve toi pas loin de sa porte pour que cil arivet queq chose jus quecun pour me secouri car voi tu ge ne me fi o Fames que de la bonne sorte é puis son frere qui ais une lame dame i fot prande garde un peu a soi dan les cas com celui ou me voila i fodra avoir ave toi cin ou si de nos camarade je vous dedommageré de tou sa un queq jour je sui ben faché que tu naye pas été che toi je tores dit ben dote chose car je ne suis pas san zavoir de linquiétud o sujet de ce que tu me marquede mr Godai qui ais un hom qui a lais bras lon gai peur qui gniait queq finece caché ladsous il y a oci le marqui de*** par tout sa i fo que mais bons zamis se trouve a porté de me secouri can ca cera fai ma foi vog la galair tan quel tan quel e vog la galair tan quel pourra voger la fill est riche queq j risque don

LAGOUACHE

FIN de la IV.me Partie & du Tome II.

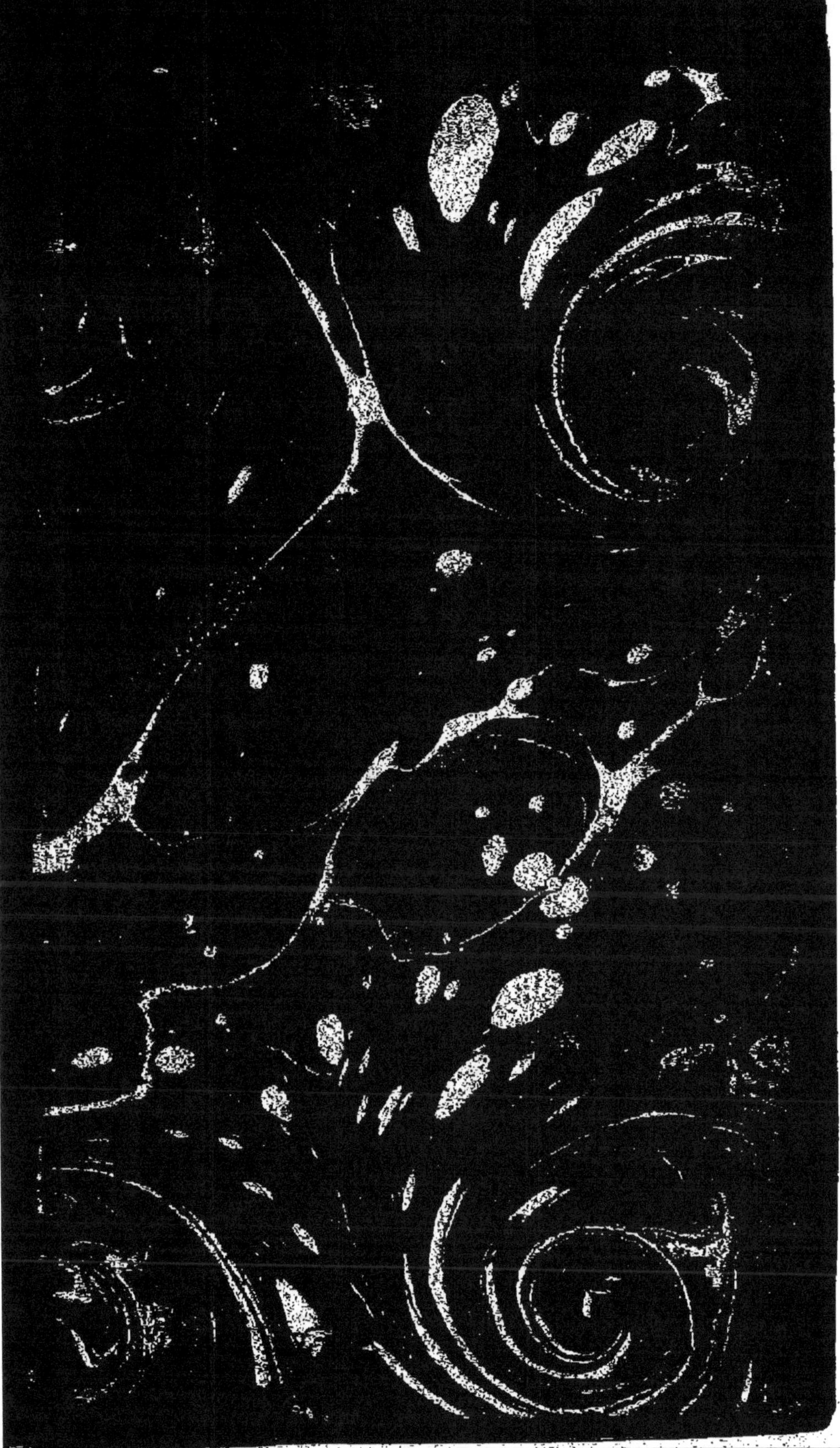

www.ingramcontent.com/pod-product-compliance
Lightning Source LLC
LaVergne TN
LVHW020613110826
845149LV00002B/467